La amistad funesta

José Martí
La amistad funesta

DOBLE J

EL ARTE DE LA ESCRITURA

Edita: Editorial Doble J, S.L.
C/ Montevideo 14
41013 Sevilla
www.culturamoderna.com
editorialdoblej@editorialdoblej.com
ISBN:978-84-96875-28-9

Índice

Capítulo I

Una frondosa magnolia, podada por el jardinero de la casa con manos demasiado académicas, cubría aquel domingo por la mañana con su sombra a los familiares de la casa de Lucía Jerez. Las grandes flores blancas de la magnolia, plenamente abiertas en sus ramas de hojas delgadas y puntiagudas, no parecían, bajo aquel cielo claro y en el patio de aquella casa amable, las flores del árbol, sino las del día, ¡esas flores inmensas e inmaculadas, que se imaginan cuando se ama mucho! El alma humana tiene una gran necesidad de blancura. Desde que lo blanco se oscurece, la desdicha empieza. La práctica y conciencia de todas las virtudes, la posesión de las mejores cualidades, la arrogancia de los más nobles sacrificios, no bastan a consolar el alma de un solo extravío.

Eran hermosas de ver, en aquel domingo, en el cielo fulgente, la luz azul, y por entre los corredores de columnas de mármol, la magnolia elegante, entre las ramas verdes, las grandes flores blancas y en sus mecedoras de mimbre, adornadas con lazos de cinta, aquellas tres amigas, en sus vestidos de mayo: Adela, delgada y locuaz, con un ramo de rosas Jacqueminot al lado izquierdo de su traje de seda crema; Ana, ya próxima a morir, prendida sobre el corazón enfermo, en su vestido de muselina blanca, una flor azul sujeta con unas hebras de trigo; y Lucía, robusta y profunda, que no llevaba flores en su vestido de seda carmesí, «porque no se conocía aun en los jardines la flor que a ella le gustaba: ¡la flor negra!».

Las amigas cambiaban vivamente sus impresiones de domingo. Venían de misa; de sonreír en el atrio de la catedral a sus parientes y conocidos; de pasear por las calles limpias, esmaltadas de sol, como flores desatadas sobre una bandeja de plata con dibujos de oro. Sus amigas, desde las ventanas de sus casas grandes y antiguas, las habían saludado al pasar. No había mancebo elegante en la ciudad que no estuviese aquel mediodía por las esquinas de la calle de la Victoria. La ciudad, en esas mañanas de domingo, parece una desposada. En las puertas, abiertas de par en par, como si en ese día no se temiesen enemigos, esperan a los dueños los criados, vestidos de limpio. Las familias, que apenas se han visto en la semana, se reúnen a la salida de la iglesia para ir a saludar a la madre ciega, a la hermana enferma, al padre achacoso. Los viejos ese día se remozan. Los veteranos andan con la cabeza más erguida, muy luciente el chaleco blanco, muy bruñido el puño del bastón. Los empleados parecen magistrados. A los artesanos, con su mejor chaqueta de terciopelo, sus pantalones de dril muy planchado y su sombrerín de castor fino, da gozo verlos. Los indios, en verdad, descalzos y mugrientos, en medio de tanta limpieza y luz, parecen llagas. Pero la procesión lujosa de madres fragantes y niñas galanas continúa, sembrando sonrisas por las aceras de la calle animada; y los pobres indios, que la cruzan a veces, parecen gusanos prendidos a trechos en una guirnalda. En vez de las carretas de comercio o de las arrias de mercaderías, llenan las calles, tirados por caballos altivos, carruajes lucientes. Los carruajes mismos, parece que van contentos, y como de victoria. Los pobres mismos, parecen ricos. Hay una quietud magna y una alegría casta. En las casas todo es algazara. Los nietos ¡qué ir a la puerta, y aturdir al portero, impacientes por lo que la abuela tarda! Los maridos ¡qué celos de la misa, que se les lleva, con sus mujeres queridas, la luz de la mañana! La abuela, ¡cómo viene cargada de chucherías para los nietos, de los juguetes que fue reuniendo en la semana para traerlos a la gente menor hoy domingo, de los mazapanes recién hechos que acaba de comprar en la dulcería francesa, de los caprichos de comer que su hija prefería cuando soltera, qué carruaje el de la abuela, que nunca se vacía! Y en la casa de Lucía Jerez no se sabía si había más flores en la magnolia, o en las almas.

Sobre un costurero abierto, donde Ana al ver entrar a sus amigas puso sus enseres de coser y los ajuares de niño que regalaba a la Casa de Expósitos, habían dejado caer Adela y Lucía sus sombreros de paja, con cintas semejantes a sus trajes, revueltas como cervatillos que retozan. ¡Dice mucho, y cosas muy traviesas, un sombrero que ha estado una hora en la cabeza de una señorita! Se le puede interrogar, seguro de que responde: ¡de algún elegante caballero, y de más de uno, se sabe que ha robado a hurtadillas una flor de un sombrero, o ha besado sus cintas largamente, con un beso entrañable y religioso! El sombrero de Adela era ligero y un tanto extravagante, como de niña que es capaz de enamorarse de un tenor de ópera: el de Lucía era un sombrero arrogante y amenazador; se salían por el borde del costurero las cintas carmesíes, enroscadas sobre el sombrero de Adela

3

como una boa sobre una tórtola: del fondo de seda negro, por los reflejos de un rayo de sol que filtraba oscilando por una rama de la magnolia, parecían salir llamas.

Estaban las tres amigas en aquella pura edad en que los caracteres todavía no se definen: ¡ay, en esos mercados es donde suelen los jóvenes generosos, que van en busca de pájaros azules, atar su vida a lindos vasos de carne que a poco tiempo, a los primeros calores fuertes de la vida, enseñan la zorra astuta, la culebra venenosa, el gato frío e impasible que les mora en el alma!

La mecedora de Ana no se movía, tal como apenas en sus labios pálidos la afable sonrisa: se buscaban con los ojos las violetas en su falda, como si siempre debiera estar llena de ellas. Adela no sin esfuerzo se mantenía en su mecedora, que unas veces estaba cerca de Ana, otras de Lucía, y vacía las más. La mecedora de Lucía, más echada hacia adelante que hacia atrás, cambiaba de súbito de posición, como obediente a un gesto enérgico y contenido de su dueña.

—Juan no viene: ¡te digo que Juan no viene!

—¿Por qué, Lucía, si sabes que si no viene te da pena?

—¿Y no te pareció Pedro Real muy arrogante? Mira, mi Ana, dame el secreto que tú tienes para que te quiera todo el mundo: porque ese caballero, es necesario que me quiera.

En un reloj de bronce labrado, embutido en un ancho plato de porcelana de ramos azules, dieron las dos.

—Lo ves, Ana, lo ves; ya Juan no viene—y se levantó Lucía; fue a uno de los jarrones de mármol colocados entre cada dos columnas, de las que de un lado y otro adornaban el sombreado patio; arrancó sin piedad de su tallo lustroso una camelia blanca, y volvió silenciosa a su mecedora, royéndole las hojas con los dientes.

—Juan viene siempre, Lucía.

Asomó en este momento por la verja dorada que dividía el zaguán de la antesala que se abría al patio, un hombre joven, vestido de negro, de quien se despedían con respeto y ternura uno de mayor edad, de ojos benignos y poblada barba, y un caballero entrado en largos años, triste, como quien ha vivido mucho, que retenía con visible placer la mano del joven entre las suyas:

—Juan, ¿por qué nació usted en esta tierra?

—Para honrarla si puedo, don Miguel, tanto como usted la ha honrado.

Fue la emoción visible en el rostro del viejo; y aun no había desaparecido del zaguán, de brazo del de la buena barba, cuando Lucía, demudado el rostro y temblándole en las pestañas las lágrimas, estaba en pie, erguida con singular firmeza, junto a la verja dorada, y decía, clavando en Juan sus dos ojos imperiosos y negros:

—Juan, ¿por qué no habías venido?

Adela estaba prendiendo en aquel momento en sus cabellos rubios un jazmín del Cabo.

Ana cosía un lazo azul a una gorrita de recién nacido, para la Casa de Expósitos.

—Fui a rogar—respondió Juan sonriendo dulcemente—, que no apremiasen por la renta de este mes a la señora del Valle.

—¿A la madre de Sol? ¿de Sol del Valle?

Y pensando en la niña de la pobre viuda, que no había salido aun del colegio, donde la tenía por merced la Directora, se entró Lucía, sin volver ni bajar la cabeza, por las habitaciones interiores, en tanto que Juan, que amaba a quien lo amaba, la seguía con los ojos tristemente.

***

Juan Jerez era noble criatura. Rico por sus padres, vivía sin el encogimiento egoísta que desluce tanto a un hombre joven, mas sin aquella angustiosa abundancia, siempre menor que los gastos y apetitos de sus dueños, con que los ricuelos de poco sentido malgastan en empleos estúpidos, a que llaman placeres, la hacienda de sus mayores. De sí propio, y con asiduo trabajo, se había ido creando una numerosa clientela de abogado, en cuya engañosa profesión, entre nosotros perniciosamente esparcida, le hicieron entrar, más que su voluntad, dada a más activas y generosas labores, los deseos de su padre, que en la defensa de casos limpios de comercio había acrecentado el haber que aportó al matrimonio su esposa. Y así Juan Jerez, a quien la Naturaleza había puesto aquella coraza de luz con que reviste a los amigos de los hombres, vino, por esas preocupaciones legendarias que desfloran y tuercen la vida de las generaciones nuevas en nuestros países, a pasar, entre lances de curia que a veces le hacían sentir ansias y vuelcos, los años más hermosos de una juventud sazonada e impaciente, que veía en las desigualdades de la fortuna, en la miseria de los infelices, en los esfuerzos estériles de una minoría viciada por crear pueblos sanos y fecundos, de soledades tan ricas como desiertas, de poblaciones cuantiosas de indios míseros, objeto más digno que las controversias forenses del esfuerzo y calor de un corazón noble y viril.

Llevaba Juan Jerez en el rostro pálido, la nostalgia de la acción, la luminosa enfermedad de las almas grandes, reducida por los deberes corrientes o las imposiciones del azar a oficios pequeños; y en los ojos llevaba como una desolación, que solo cuando hacía un gran bien, o trabajaba en pro de un gran objeto, se le trocaba, como un rayo de sol que entra en una tumba, en centelleante júbilo. No se le dijera entonces un abogado de estos tiempos, sino uno de aquellos trovadores que sabían tallarse, hartos ya de sus propias canciones, en el mango de su guzla la empuñadura de una espada. El fervor de los cruzados encendía en aquellos breves instantes de heroica dicha su alma buena; y su deleite, que le inundaba de una luz parecida a la de los astros, era solo comparable a la vasta amargura con que reconocía, a poco que en el mundo no encuentran auxilio, sino cuando convienen a algún interés que las vicia, las obras de pureza. Era de la raza selecta de los que no trabajan para el éxito, sino contra él. Nunca, en esos pequeños pueblos nuestros donde los hombres se encorvan tanto, ni a cambio de provechos ni de vanaglorias cedió Juan un ápice de lo que creía sagrado en él, que era su juicio de hombre y su deber de no ponerlo con ligereza o por paga al servicio de ideas o personas injustas; sino que veía Juan su inteligencia como una investidura sacerdotal, que se ha de tener siempre de manera que no noten en ella la más pequeña mácula los feligreses; y se sentía Juan, allá en sus determinaciones de noble mozo, como un sacerdote de todos los hombres, que uno a uno tenía que ir dándoles perpetua cuenta, como si fuesen sus dueños, del buen uso de su investidura.

Y cuando veía que, como entre nosotros sucede con frecuencia, un hombre joven, de palabra llameante y talento privilegiado, alquilaba por la paga o por el puesto aquella insignia divina que Juan creía ver en toda superior inteligencia, volvía los ojos sobre sí como llamas que le quemaban, tal como si viera que el ministro de un culto, por pagarse la bebida o el juego, vendiese las imágenes de sus dioses. Estos soldados mercenarios de la inteligencia lo tachaban por eso de hipócrita, lo que aumentaba la palidez de Juan Jerez, sin arrancar de sus labios una queja. Y otros decían, con más razón aparente—aunque no en el caso de él—, que aquella entereza de carácter no era grandemente meritoria en quien, rico desde la cuna, no había tenido que bregar por abrirse camino, como tantos de nuestros jóvenes pobres, en pueblos donde por viejas tradiciones coloniales se da a los hombres una educación literaria, y aun esta descosida e incompleta, que no halla luego natural empleo en nuestros países despoblados y rudimentarios, exuberantes, sin embargo, en fuerzas vivas, hoy desaprovechadas o trabajadas apenas, cuando para hacer prósperas a nuestras tierras y dignos a nuestros hombres no habría más que educarlos de manera que pudiesen sacar provecho del suelo providísimo en que nacen. A manejar la lengua hablada y escrita les enseñan, como único modo de vivir, en pueblos en que las artes delicadas que nacen del cultivo del idioma no tienen el número suficiente, no ya de consumidores, de apreciadores siquiera, que recompensen, con el precio justo de estos trabajos exquisitos, la labor intelectual de nuestros espíritus privilegiados. De modo que, como con el cultivo de la inteligencia vienen los gustos costosos, tan naturales en los hispanoamericanos como el color sonrosado en las mejillas de una niña quinceña; como en las tierras calientes y floridas, se despierta temprano el amor, que quiere casa, y lo mejor que haya en la ebanistería para amueblarla, y la seda más joyante y la pedrería más rica para que a todos maraville y encele su dueña; como la ciudad, infecunda en nuestros países nuevos, retiene en sus redes suntuosas a los que fuera de ella no saben ganar el pan, ni en ella tienen cómo ganarlo, a pesar de sus talentos, bien así como un pasmoso cincelador de espadas de taza, que sabría poblar éstas de castellanas de larga amazona desmayadas en brazos de guerreros fuertes, y otras sutiles lindezas en plata y en oro, no halla empleo en un villorrio de gente labriega, que vive en paz, o al puñal o a los puños remite el término de sus contiendas; como con nuestras cabezas hispanoamericanas, cargadas de ideas de Europa y Norteamérica, somos en nuestros propios países a manera de frutos sin mercado, cual las excrecencias de la tierra, que le pesan y estorban, y no como su natural florecimiento, sucede que los poseedores de la inteligencia, estéril entre nosotros por su mala dirección, y necesitados para subsistir de hacerla fecunda, la dedican con exceso exclusivo a los combates políticos, cuando más nobles, produciendo así un desequilibrio entre el país escaso y su política sobrada, o, apremiados por las urgencias de la vida, sirven al gobernante fuerte que les paga y corrompe, o trabajan por volcarle cuando, molestado aquel por nuevos menesterosos, les retira la paga abundante de sus funestos servicios. De estas pesadumbres públicas venían hablando el de la barba larga, el anciano de rostro triste, y Juan Jerez, cuando este, ligado desde niño por amores a su prima Lucía, se entró por el zaguán de baldosas de mármol pulido espaciosas y blancas como sus pensamientos.

*** *** ***

La bondad es la flor de la fuerza. Aquel Juan brioso, que andaba siempre escondido en las ocasiones de fama y alarde, pero visible apenas se sabía de una prerrogativa de la patria desconocida o del decoro y albedrío de algún hombre hollados; aquel batallador temible y áspero, a quien jamás se atrevieron a llegar, avergonzadas de antemano, las ofertas y seducciones corruptoras a que otros vociferantes de temple

9

venal habían prestado oídos; aquel que llevaba siempre en el rostro pálido y enjuto como el resplandor de una luz alta y desconocida, y en los ojos el centelleo de la hoja de una espada; aquel que no veía desdicha sin que creyese deber suyo remediarla, y se miraba como un delincuente cada vez que no podía poner remedio a una desdicha; aquel amantísimo corazón, que sobre todo desamparo vaciaba su piedad inagotable, y sobre toda humildad, energía o hermosura prodigaba apasionadamente su amor, había cedido, en su vida de libros y abstracciones, a la dulce necesidad, tantas veces funesta, de apretar sobre su corazón una manecita blanca. La de esta o la de aquella le importaban poco; y él, en la mujer, veía más el símbolo de las hermosuras ideadas que un ser real.

Lo que en el mundo corre con nombre de buenas fortunas, y no son, por lo común, de una parte o de otra, más que odiosas vilezas, habían salido, una que otra vez, al camino de aquel joven rico a cuyo rostro venía, de los adentros del alma, la irresistible belleza de un noble espíritu. Pero esas buenas fortunas, que en el primer instante llenan el corazón de los efluvios trastornadores de la primavera, y dan al hombre la autoridad confiada de quien posee y conquista; esos amoríos de ocasión, miel en el borde, hiel en el fondo, que se pagan con la moneda más valiosa y más cara, la de la propia limpieza; esos amores irregulares y sobresaltados, elegante disfraz de bajos apetitos, que se aceptan por desocupación o vanidad, y roen luego la vida, como úlceras, solo lograron en el ánimo de Juan Jerez despertar el asombro de que, so pretexto o nombre de cariño, vivan hombres y mujeres, sin caer muertos de odio a sí mismos, en medio de tan torpes liviandades. Y no cedía a ellas, porque la repulsión que le inspiraba, cualesquiera que

fuesen sus gracias, una mujer que cerca de la mesa de trabajo de su esposo o junto a la cuna de su hijo no temblaba de
ofrecerlas, era mayor que las penosas satisfacciones que la
complicidad con una amante liviana produce a un hombre
honrado.

Era la de Juan Jerez una de aquellas almas infelices que
solo pueden hacer lo grande y amar lo puro. Poeta genuino,
que sacaba de los espectáculos que veía en sí mismo, y de
los dolores y sorpresas de su espíritu, unos versos extraños,
adoloridos y profundos, que parecían dagas arrancadas de
su propio pecho, padecía de esa necesidad de la belleza que
como un marchamo ardiente, señala a los escogidos del
canto. Aquella razón serena, que los problemas sociales o
las pasiones comunes no oscurecían nunca, se le ofuscaba
hasta hacerle llegar a la prodigalidad de sí mismo, en virtud
de un inmoderado agradecimiento. Había en aquel carácter una extraña y violenta necesidad del martirio, y si por
la superioridad de su alma le era difícil hallar compañeros
que se la estimaran y animasen, él, necesitado de darse, que
en su bien propio para nada se quería, y se veía a sí mismo
como una propiedad de los demás que guardaba él en de-
pósito, se daba como un esclavo a cuantos parecían amarle
y entender su delicadeza o desear su bien.

***

Lucía, como una flor que el sol encorva sobre su tallo
débil cuando esplende en todo su fuego el mediodía; que
como toda naturaleza subyugadora necesitaba ser subyugada; que de un modo confuso e impaciente, y sin aquel
orden y humildad que revelan la fuerza verdadera, amaba
lo extraordinario y poderoso, y gustaba de los caballos desalados, de los ascensos por la montaña, de las noches de

tempestad y de los troncos abatidos; Lucía, que, niña aun, cuando parecía que la sobremesa de personas mayores en los gratos almuerzos de domingo debía fatigarle, olvidaba los juegos de su edad, y el coger las flores del jardín, y el ver andar en parejas por el agua clara de la fuente los pececillos de plata y de oro, y el peinar las plumas blandas de su último sombrero, por escuchar, hundida en su silla, con los ojos brillantes y abiertos, aquellas aladas palabras, grandes como águilas, que Juan reprimía siempre delante de gente extraña o común, pero dejaba salir a caudales de sus labios, como lanzas adornadas de cintas y de flores, apenas se sentía, cual pájaro perseguido en su nido caliente, entre almas buenas que le escuchaban con amor; Lucía, en quien un deseo se clavaba como en los peces se clavan los anzuelos, y de tener que renunciar a algún deseo, quedaba rota y sangrando, como cuando el anzuelo se le retira queda la carne del pez; Lucía que, con su encarnizado pensamiento, había poblado el cielo que miraba, y los florales cuyas hojas gustaba de quebrar, y las paredes de la casa en que lo escribía con lápices de colores, y el pavimento a que con los brazos caídos sobre los de su mecedora solía quedarse mirando largamente; de aquel nombre adorado de Juan Jerez, que en todas partes por donde miraba le resplandecía, porque ella lo fijaba en todas partes con su voluntad y su mirada como los obreros de la fábrica de Eibar, en España, embuten los hilos de plata y de oro sobre la lámina negra del hierro esmerilado; Lucía, que cuando veía entrar a Juan, sentía resonar en su pecho unas como arpas que tuviesen alas, y abrirse en el aire, grandes como soles, unas rosas azules, ribeteadas de negro, y cada vez que lo veía salir, le tendía con desdén la mano fría, colérica de que se fuese, y no podía hablarle, porque se le llenaban de lágrimas los ojos; Lucía, en quien las flores de la edad escondían la lava candente que como las vetas de metales preciosos en las minas le culebreaban en el pecho; Lucía, que padecía de amarle, y le amaba irrevocablemente, y era bella a los ojos de Juan Jerez, puesto que era pura, sintió una noche, una noche de su santo, en que antes de salir para el teatro se abandonaba a sus pensamientos con una mano puesta sobre el mármol del espejo, que Juan Jerez, lisonjeado por aquella magnífica tristeza, daba un beso, largo y blando, en su otra mano. Toda la habitación le pareció a Lucía llena de flores; del cristal del espejo creyó ver salir llamas; cerró los ojos, como se cierran siempre en todo instante de dicha suprema, tal como si la felicidad tuviese también su pudor, y para que no cayese en tierra, los mismos brazos de Juan tuvieron delicadamente que servir de apoyo a aquel cuerpo envuelto en tules blancos, de que en aquella hora de nacimiento parecía brotar luz. Pero Juan aquella noche se acostó triste, y Lucía misma, que amaneció junto a la ventana en su vestido de tules, abrigados los hombros en una aérea nube azul, se sentía, aromada como un vaso de perfumes, pero seria y recelosa....

***

—Ana mía, Ana mía, aquí está Pedro Real. ¡Míralo qué arrogante!

—Arrodíllate, Adela: arrodíllate ahora mismo—le respondió dulcemente Ana, volviendo a ella su hermosa cabeza de ondulantes cabellos castaños—; mientras que Juan, que venía de hacer paces con Lucía refugiada en la antesala, salía a la verja del zaguán a recibir al amigo de la casa.

Adela se arrodilló, cruzados los brazos sobre las rodillas de Ana; y Ana hizo como que le vendaba los labios con una cinta azul, y le dijo al oído, como quien ciñe un escudo o ampara de un golpe, estas palabras:

—Una niña honesta no deja conocer que le gusta un calavera, hasta que no haya recibido de él tantas muestras de respeto, que nadie pueda dudar que no la solicita para su juguete.

Adela se levantó riendo, y puestos los ojos, entre curiosos y burlones, en el galán caballero, que del brazo de Juan venía hacia ellas, los esperó de pie al lado de Ana, que con su serio continente, nunca duro, parecía querer atenuar en favor de Adela misma, su excesiva viveza. Pedro, aturdido y más amigo de las mariposas que de las tórtolas, saludó a Adela primero.

Ana retuvo un instante en su mano delgada la de Pedro, y con aquellos derechos de señora casada que da a las jóvenes la cercanía de la muerte.

—Aquí—le dijo—, Pedro: aquí toda esta tarde a mi lado—¡Quién sabe si, enfrente de aquella hermosa figura de hombre joven, no le pesaba a la pobre Ana, a pesar de su alma de sacerdotisa, dejar la vida! ¡Quién sabe si quería solo evitar que la movible Adela, revoloteando en torno de aquella luz de belleza, se lastimase las alas!

Porque aquella Ana era tal que, por donde ella iba, resplandecía. Y aunque brillase el sol, como por encima de la gran magnolia estaba brillando aquella tarde, alrededor de Ana se veía una claridad de estrella. Corrían arroyos dulces por los corazones cuando estaba en presencia de ella. Si cantaba, con una voz que se esparcía por los adentros del alma, como la luz de la mañana por los campos verdes, dejaba en el espíritu una grata intranquilidad, como de quien ha entrevisto, puesto por un momento fuera del mundo, aquellas musicales claridades que solo en las horas de hacer

bien, o de tratar a quien lo hace, distingue entre sus propias nieblas el alma. Y cuando hablaba aquella dulce Ana,
purificaba.

Pedro era bueno, y comenzó a alabarle, no el rostro, ilu-
minado ya por aquella luz de muerte que atrae a las almas
superiores y aterra a las almas vulgares, sino el ajuar de
niño a que estaba poniendo Ana las últimas cintas. Pero
ya no era ella sola la que cosía, y armaba lazos, y los pro-
baba en diferentes lados del gorro de recién nacido: Adela
súbitamente se había convertido en una gran trabajadora.
Ya no saltaba de un lugar a otro, como cuando juntas con-
versaban hacía un rato ella, Ana y Lucía, sino que había
puesto su silla muy junto a la de Ana. Y ella también, iba
a estar sentada al lado de Ana toda la tarde. En sus mejillas
pálidas, había dos puntos encendidos que ganaban en viveza a las cintas del gorro, y realzaban la mirada impaciente
de sus ojos brillantes y atrevidos. Se le desprendía el cabello
inquieto, como si quisiese, libre de redes, soltarse en ondas
libres por la espalda. En los movimientos nerviosos de su
cabeza, dos o tres hojas de la rosa encarnada que llevaba
prendida en el peinado, cayeron al suelo. Pedro las veía
caer. Adela, locuaz y voluble, ya andaba en la canastilla, ya
revolvía en la falda de Ana los adornos del gorro, ya cogía
como útil el que acababa de desechar con un mohín de
impaciencia, ya sacudía y erguía un momento la ligera cabeza, fina y rebelde, como la de un potro indómito. Sobre
las losas de mármol blanco se destacaban, como gotas de
sangre, las hojas de rosa.

Se hablaba de aquellas cosas banales de que conversan en
estas tertulias de domingo, la gente joven de nuestros países. El tenor, ¡oh el tenor! había estado admirable. Ella se
moría por las voces del tenor. Es un papel encantador el de

Francisco I. Pero la señora de Ramírez, ¡cómo había tenido el valor de ir vestida con los colores del partido que fusiló a su esposo!, es verdad que se casa con un coronel del partido contrario, que firmó como auditor en el proceso del señor Ramírez. Es muy buen mozo el coronel, es muy buen mozo. Pero la señora Ramírez ha gastado mucho, ya no es tan rica como antes; tuvo a siete bordadoras empleadas un mes en bordarle de oro el vestido de terciopelo negro que llevó a *Rigoletto*, era muy pesado el vestido. ¡Oh! ¿Y Teresa Luz? lindísima, Teresa Luz: bueno, la boca, sí, la boca no es perfecta, los labios son demasiado finos; ¡ah, los ojos! bueno, los ojos son un poco fríos, no calientan, no penetran: pero qué vaguedad tan dulce; hacen pensar en las espumas de la mar. Y, ¡cómo persigue a María Vargas ese caballerete que ha venido de París, con sus versos copiados de François Coppee, y su política de alquiler, que vino, sirviendo a la oposición y ya está poco menos que con el Gobierno! El padre de María Vargas va a ser Ministro y él quiere ser diputado. Elegante sí es. El peinado es ridículo, con la raya en mitad de la cabeza y la frente escondida bajo las ondas. Ni a las mujeres está bien eso de cubrirse la frente, donde está la luz del rostro. Que el cabello la sombree un poco con sus ondas naturales; pero ¿a qué cubrir la frente, espejo donde los amantes se asoman a ver su propia alma, tabla de mármol blanco donde se firman las promesas puras, nido de las manos lastimadas en los afanes de la vida? Cuando se padece mucho, no se desea un beso en los labios sino en la frente. Y ese mismo poetín lo dijo muy bien el otro día en sus versos «A una niña muerta», era algo así como esto: las rosas del alma suben a las mejillas; las estrellas del alma, a la frente. Hay algo de tenebroso y de inquietante en esas frentes cubiertas. No, Adela, no, a usted le está encantadora esa selva de ricitos: así pintaban en los cuadros de antes a los cupidos revoloteando sobre la frente de las diosas. No, Adela, no le hagas caso: esas frentes cubiertas, me dan miedo. Es que ya se piensan unas cosas, que las mujeres se cubren la frente de miedo de que se las vean. Oh, no, Ana: ¿qué han de pensar ustedes más que jazmines y claveles? Pues que no, Pedro: rompa usted las frentes, y verá dentro, en unos tiestitos que parecen bocas abiertas, unas plantas secas, que dan unas florecitas redondas y amarillas. Y Ana iba así ennobleciendo la conversación, porque Dios le había dado el privilegio de las flores: el de perfumar. Adela, silenciosa hacía un momento, alzó la cabeza y mantuvo algún tiempo los ojos fijos delante de sí, viendo como el perfil céltico de Pedro, con su hermosa barba negra, se destacaba, a la luz sana de la tarde, sobre el zócalo de mármol que revestía una de las anchas columnas del corredor de la casa. Bajó la cabeza, y a este movimiento, se desprendió de ella la rosa encarnada, que cayó deshaciéndose a los pies de Pedro.

***

Juan y Lucía aparecieron por el corredor, ella como arrepentida y sumisa, él como siempre, sereno y bondadoso. Hermosa era la pareja, tal como se venían lentamente acercando al grupo de sus amigas en el patio. Altos los dos, Lucía, más de lo que sentaba a sus años y sexo, Juan, de aquella elevada estatura, realzada por las proporciones de las formas, que en sí misma lleva algo de espíritu, y parece dispuesta por la naturaleza al heroísmo y al triunfo. Y allá, en la penumbra del corredor, como un rayo de luz diese sobre el rostro de Juan, y de su brazo, aunque un poco a su zaga, venía Lucía, en la frente de él, vasta y blanca, parecía

que se abría una rosa de plata: y de la de Lucía se veían
solo, en la sombra oscura del rostro, sus dos ojos llamean-
tes, como dos amenazas.

—Está Ana imprudente—dijo Juan con su voz de caricia—: ¿cómo no tiene miedo a este aire del crepúsculo?

—¡Pero si es ya el mío natural, Juan querido! Vamos,
Pedro: deme el brazo.

—Pero pronto, Pedro, que esta es la hora en que los aro-
mas suben de las flores, y si no la haces presa, se nos escapa.

—¡Este Juan bueno! ¿No es verdad, Juan, que Lucía es
una loca? Ya Adela y Pedro me están al lado cuchicheando,
de apetito. Vamos, pues, que a esta hora la gente dichosa
tiene deseo de tomar el chocolate.

El chocolate fragante les esperaba, servido en una mesa
de ónix, en la linda antesala. Era aquel un capricho de domingo. Gustan siempre los jóvenes de lo desordenado e
imprevisto. En el comedor, con dos caballeros de edad, dis-
cutía las cosas públicas el buen tío de Lucía y Ana, caballero de gorro de seda y pantuflas bordadas. La abuelita de la
casa, la madre del señor tío, no salía ya de su alcoba, donde
recordaba y rezaba.

***

La antesala era linda y pequeña, como que se tiene que
ser pequeño para ser lindo. De unos tulipanes de cristal
trenzado, suspendidos en un ramo del techo por un tubo
oculto entre hojas de tulipán simuladas en bronce, caía
sobre la mesa de ónix la claridad anaranjada y suave de
la lámpara de luz eléctrica incandescente. No había más
asientos que pequeñas mecedoras de Viena, de rejilla me-
nuda y madera negra. El pavimento de mosaico de colores

tenues que, como el de los atrios de Pompeya, tenía la inscripción «Salve» en el umbral, estaba lleno de banquetas revueltas, como de habitación en que se vive: porque las habitaciones se han de tener lindas, no para enseñarlas, por vanidad, a las visitas, sino para vivir en ellas. Mejora y alivia el contacto constante de lo bello. Todo en la tierra, en estos tiempos negros, tiende a rebajar el alma, todo, libros y cuadros, negocios y afectos, ¡aun en nuestros países azules! Conviene tener siempre delante de los ojos, alrededor, ornando las paredes, animando los rincones donde se refugia la sombra, objetos bellos, que la coloreen y la disipen.

Linda era la antesala, pintado el techo con los bordes de guirnaldas de flores silvestres, las paredes cubiertas, en sus marcos de roble liso dorado, de cuadros de Madrazo y de Nittis, de Fortuny y de Pasini, grabados en Goupil; de dos en dos estaban colgados los cuadros, y entre cada dos grupos de ellos, un estantillo de ébano, lleno de libros, no más ancho que los cuadros, ni más alto ni bajo que el grupo. En la mitad del testero que daba frente a la puerta del corredor, una esbelta columna de mármol negro sustentaba un aéreo busto de la Mignon de Goethe, en mármol blanco, a cuyos pies, en un gran vaso de porcelana de Tokio, de ramazones azules, Ana ponía siempre mazos de jazmines y de lirios. Una vez la traviesa Adela había colgado al cuello de Mignon una guirnalda de claveles encarnados. En este testero no había libros, ni cuadros que no fuesen grabados de episodios de la vida de la triste niña, y distribuidos como un halo en la pared en derredor del busto. Y en las esquinas de la habitación, en caballetes negros, sin ornamentos dorados, ostentaban su rica encuadernación cuatro grandes volúmenes: *El Cuervo* de Edgar Poe, el Cuervo desgarrador y fatídico, con láminas de Gustavo Doré, que se llevan la mente por los espacios vagos en alas de caballos sin freno: el *Rubaiyat* el poema persa, el poema del vino moderado y las rosas frescas, con los dibujos apodícticos del norteamericano Elihu Vedder; un rico ejemplar manuscrito, empastado en seda lila, de *Las Noches*, de Alfredo de Musset; y un *Wilhelm Meister* el libro de Mignon, cuya pasta original, recargada de arabescos insignificantes, había hecho reemplazar Juan, en París, por una de tafilete negro mate embutido con piedras preciosas: topacios tan claros como el alma de la niña, turquesas, azules como sus ojos; no esmeraldas, porque no hubo en aquella vaporosa vida; ópalos, como sus sueños; y un rubí grande y saliente, como su corazón hinchado y roto. En aquel singular regalo a Lucía, gastó Juan sus ganancias de un año. Por los bajos de la pared, y a manera de sillas, había, en trípodes de ébano, pequeños vasos chinos, de colores suaves, con mucho amarillo y escaso rojo. Las paredes, pintadas al óleo, con guirnaldas de flores, eran blancas. Causaba aquella antesala, en cuyo arreglo influyó Juan, una impresión de fe y de luz.

***

Y allí se sentaron los cinco jóvenes, a gustar en sus tazas de coco el rico chocolate de la casa, que en hacerlo fragante era famosa. No tenía mucho azúcar, ni era espeso. ¡Para gente mayor, el chocolate espeso! Adela, caprichosa, pedía para sí la taza que tuviese más espuma.

—Esta, Adela—le dijo Juan, poniendo ante ella, antes de sentarse, una de las tazas de coco negro, en la que la espuma hervía tornasolada.

—¡Malvado!—le dijo Adela, mientras que todos reían—; ¡me has dado la de la ardilla!

Eran unas tazas, extrañas también, en que Juan, amigo de

cosas, patrias, había sabido hacer que el artífice combinara la novedad y el arte. Las tazas eran de esos coquillos negros de óvalo perfecto, que los indígenas realzan con caprichosas labores y leyendas, sumisas éstas como su condición, y aquellas pomposas, atrevidas y extrañas, muy llenas de alas y de serpientes, recuerdos tenaces de un arte original y desconocido que la conquista hundió en la tierra, a botes de lanza. Y estos coquillos negros estaban muy pulidos por dentro, y en todo su exterior trabajados en relieve sutil como encaje. Cada taza descansaba en una trípode de plata, formada por un atributo de algún ave o fiera de América, y las dos asas eran dos preciosas miniaturas, en plata también, del animal simbolizado en la trípode. En tres colas de ardilla se asentaba la taza de Adela, y a su chocolate se asomaban las dos ardillas, como a un mar de nueces. Dos quetzales altivos, dos quetzales de cola de tres plumas, larga la del centro como una flecha verde, se asían a los bordes de la taza de Ana: ¡el quetzal noble, que cuando cae cautivo o ve rota la pluma larga de su cola, muere! Las asas de la taza de Lucía eran dos pumas elásticos y fieros, en la opuesta colocación dedos enemigos que se acechan: descansaba sobre tres garras de puma, el león americano. Dos águilas eran las asas de la de Juan; y la de Pedro, la del buen mozo Pedro, dos monos capuchinos.

***

Juan quería a Pedro, como los espíritus fuertes quieren a los débiles, y como, a modo de nota de color o de grano de locura, quiere, cual forma suavísima del pecado, la gente que no es ligera a la que lo es.

Los hombres austeros tienen en la compañía momentánea de esos pisaverdes alocados el mismo género de placer que las damas de familia que asisten de tapadillo a un baile de máscaras. Hay cierto espíritu de independencia en el pecado, que lo hace simpático cuando no es excesivo. Pocas son por el mundo las criaturas que, hallándose con las encías provistas de dientes, se deciden a no morder, o reconocen que hay un placer más profundo que el de hincar los dientes, y es no usarlos. Pues, ¿para qué es la dentadura, se dicen los más; sobre todo cuando la tienen buena, sino para lucirla, y triturar los manjares que se lleguen a la boca? Y Pedro era de los que lucían la dentadura.

Incapaz, tal vez, de causar mal en conciencia, el daño estaba en que él no sabía cuando causaba mal, o en que, siendo la satisfacción de un deseo, él no veía en ella mal alguno, sino que toda hermosura, por serlo, le parecía de él, y en su propia belleza, la belleza funesta de un hombre perezoso y adocenado, veía como un título natural, título de león, sobre los bienes de la tierra, y el mayor de ellos, que son sus bellas criaturas. Pedro tenía en los ojos aquel inquieto centelleo que subyuga y convida: en actos y palabras, la insolente firmeza que da la costumbre de la victoria, y en su misma arrogancia tal olvido de que la tenía, que era la mayor perfección y el más temible encanto de ella.

Viajero afortunado; con el caudal ya corto de su madre, por tierras de afuera, perdió en ellas, donde son pecadillos las que a nosotros nos parecen con justicia infamias, aquel delicado concepto de la mujer sin el que, por grandes esfuerzos que haga luego la mente, no le es lícito gozar, puesto que no le es lícito creer en el amor de la más limpia criatura. Todos aquellos placeres que no vienen derechamente y en razón de los afectos legítimos, aunque sean champaña de la vanidad, son acíbar de la memoria. Eso en los más honrados, que en los que no lo son, de tanto andar entre frutas estrujadas, llegan a enviciarse los ojos de manera que no tienen más arte ni placer que los de estrujar frutas. Solo Ana, de cuantas jóvenes había conocido a su vuelta de las malas tierras de afuera, le había inspirado, aun antes de su enfermedad, un respeto que en sus horas de reposo solía trocarse en un pensamiento persistente y blando. Pero Ana se iba al cielo: Ana, que jamás hubiera puesto a aquel turbulento mancebo de señor de su alma apacible, como un palacio de nácar; pero que, por esa fatal perversión que atrae a los espíritus desemejantes, no había visto sin un doloroso interés y una turbación primaveral, aquella rica hermosura de hombre, airosa y firme, puesta por la naturaleza como vestidura a un alma escasa, tal como suelen algunos cantantes transportar a inefables deliquios y etéreas esferas a sus oyentes, con la expresión en notas querellosas y cristalinas, blancas como las palomas o agudas como puñales, de pasiones que sus espíritus burdos son incapaces de entender ni de sentir. ¿Quién no ha visto romper en actos y palabras brutales contra su delicada mujer a un tenor que acababa de cantar, con sobrehumano poder, el «Spirto Gentil» de la *Favorita*? Tal la hermosura sobre las almas escasas.

Y Juan, por aquella seguridad de los caracteres incorruptibles, por aquella benignidad de los espíritus superiores, por aquella afición a lo pintoresco de las imaginaciones poéticas, y por lazos de niño, que no se rompen sin gran dolor del corazón, Juan quería a Pedro.

Hablaban de las últimas modas, de que en París se rehabilita el color verde, de que en París, decía Pedro, nada más se vive.

—Pues yo no—decía Ana—. Cuando Lucía sea ya señora formal, adonde vamos los tres es a Italia y a España: ¿verdad, Juan?

—Verdad, Ana. Adonde la Naturaleza es bella y el arte ha sido perfecto. A Granada, donde el hombre logró lo que no ha logrado en pueblo alguno de la tierra: cincelar en las piedras sus sueños; a Nápoles, donde el alma se siente contenta, como si hubiera llegado a su término. ¿Tú no querrás, Lucía?

—Yo no quiero que tú veas nada, Juan. Yo te haré en ese cuarto la Alhambra, y en este patio Nápoles; y tapiaré las puertas, ¡y así viajaremos!

Rieron todos; pero Adela ya había echado camino de París, quién sabe con qué compañero, los deseos alegres. Ella quería saberlo todo, no de aquella tranquila vida interior y regalada, al calor de la estufa, leyendo libros buenos, después de curiosear discretamente por entre las novedades francesas, y estudiar con empeño tanta riqueza artística como París encierra; sino la vida teatral y nerviosa, la vida de museo que en París generalmente se vive, siempre en pie, siempre cansado, siempre adolorido; la vida de las heroínas de teatro, de las gentes que se enseñan, damas que enloquecen, de los nababs que deslumbran con el pródigo empleo de su fortuna.

Y mientras que Juan, generoso, dando suelta al espíritu impaciente, sacaba ante los ojos de Lucía, para que se le fuese aquietando el carácter, y se preparaba a acompañarle por el viaje de la existencia, las interioridades luminosas de su alma peculiar y excelsa, y decía cosas que, por la nobleza que enseñaban o la felicidad que prometían, hacían asomar lágrimas de ternura y de piedad a los ojos de Ana-Adela y Pedro, en plena Francia, iban y venían, como del brazo, por bosques y bulevares. «La Judic ya no se viste con Worth. La mano de la Judic es la más bonita de París. En las carreras es donde se lucen los mejores vestidos. ¡Qué linda estaría Adela, en el pescante de un coche de carreras, con un vestido de tila muy suave, adornado con pasamanería de plata! ¡Ah, y con un guía como Pedro, que conocía tan bien la ciudad, qué pronto no se estaría al corriente de todo! ¡Allí no se vive con estas trabas de aquí, donde todo es malo! La mujer es aquí una esclava disfrazada: allí es donde es la reina. Eso es París ahora: el reinado de la mujer. Acá, todo es pecado: si se sale, si se entra, si se da el brazo a un amigo, si se lee un libro ameno. ¡Pero esa es una falta de respeto, eso es ir contra las obras de la naturaleza! ¿Porque una flor nace en un vaso de Sevres, se la ha de privar del aire y de la luz? ¿Porque la mujer nace más hermosa que el hombre, se le ha de oprimir el pensamiento, y so pretexto de un recato gazmoño, obligarla a que viva, escondiendo sus impresiones, como un ladrón esconde su tesoro en una cueva? Es preciso, Adelita, es preciso. Las mujeres más lindas de París son las sudamericanas. ¡Oh, no habría en París otra tan chispeante como ella!».

—Vea, Pedro—interrumpió a este punto Ana, con aquella sonrisa suya que hacía más eficaces sus reproches—, déjeme quieta a Adela. Usted sabe que yo pinto, ¿verdad?

—Pinta unos cuadritos que parecen música; todos llenos de una luz que sube; con muchos ángeles y serafines. ¿Por qué no nos enseñas el último, Ana mía? Es lindísimo, Pedro, y sumamente extraño.

—¡Adela, Adela!

—De veras que es muy extraño. Es como en una esquina de jardín y el ciclo es claro, muy claro y muy lindo. Un joven... muy buen mozo... vestido con un traje gris muy elegante, se mira las manos asombrado. Acaba de romper un lirio, que ha caído a sus pies, y le han quedado las manos manchadas de sangre.

—¿Qué le parece, Pedro, de mi cuadro?

—Un éxito seguro. Yo conocí en París a un pintor de México, un Manuel Ocaranza, que hacía cosas como esas.

—Entre los caballeros que rompen o manchan lirios quisiera yo que tuviese éxito mi cuadro. ¡Quién pintara de veras, y no hiciera esos borrones míos! Pedro: borrón y todo, en cuanto me ponga mejor, voy a hacer una copia para usted.

—¡Para mí! Juan, ¿por qué no es este el tiempo en que no era mal visto que los caballeros besasen la mano a las damas?

—Para usted, pero a condición de que lo ponga en un lugar tan visible que por todas partes le salte a los ojos. Y ¿por qué estamos hablando ahora de mis obras maestras? ¡Ah! porque usted me le hablaba a Adela mucho de París. ¡Otro cuadro voy a empezar en cuanto me ponga buena! Sobre una colina voy a pintar un monstruo sentado. Pondré la luna en cenit, para que caiga de lleno sobre el lomo del monstruo, y me permita simular con líneas de luz en las partes salientes los edificios de París más famosos. Y mientras la luna le acaricia el lomo, y se ve por el contraste del perfil luminoso toda la negrura de su cuerpo, el monstruo, con cabeza de mujer, estará devorando rosas. Allá por un rincón se verán jóvenes flacas y desmelenadas que huyen, con las túnicas rotas, levantando las manos al cielo.

—Lucía—dijo Juan reprimiendo mal las lágrimas, al oído de su prima, siempre absorta—: ¡y que esta pobre Ana se nos muera!

Pedro no hallaba palabras oportunas, sino aquella confusión y malestar que la gente dada a la frivolidad y el gozo experimenta en la compañía íntima de una de esas criaturas que pasan por la tierra, a manera de visión, extinguiéndose plácidamente, con la feliz capacidad de adivinar las cosas puras, sobrehumanas, y la hermosa indignación por la batalla de apetitos feroces en que se consume, la tierra.

—De fieras, yo conozco dos clases—decía una vez Ana—: una se viste de pieles, devora animales, y anda sobre garras; otra se viste de trajes elegantes, come animales y almas y anda sobre una sombrilla o un bastón. No somos más que fieras reformadas.

Aquella Ana, cuando estaba en la intimidad, solía decir de estas cosas singulares. ¿Dónde había sufrido tanto la pobre niña salida apenas del círculo de su casa venturosa, que así había aprendido a conocer y perdonar? ¿Se vive antes de vivir? ¿O las estrellas, ganosas de hacer un viaje de recreo por la tierra, suelen por algún tiempo alojarse en un cuerpo humano? ¡Ay! por eso duran tan poco los cuerpos en que se alojan las estrellas.

***

—¿Conque Ana pinta, y *La Revista de Artes* está buscando cuadros de autores del país que dar a conocer, y este Juan pecador no ha hecho ya publicar esas maravillas en *La Revista*?

—Esta Ana nuestra, Pedro, se nos enoja de que la queramos sacar a luz. Ella no quiere que se vean sus cuadros hasta que no los juzgue bastante acabados para resistir la crítica. Pero la verdad es, Ana, que Pedro Real tiene razón.

—¿Razón, Pedro Real?—dijo Ana con una risa cristalina, de madre generosa—. No, Juan. Es verdad que las cosas de arte que no son absolutamente necesarias, no deben hacerse sino cuando se pueden hacer enteramente bien, y estas cosas que yo hago, que veo vivas y claras en lo hondo de mi mente, y con tal realidad que me parece que las palpo, me quedan luego en la tela tan contrahechas y duras que creo que mis visiones me van a castigar, y me regañan, y toman mis pinceles de la caja, y a mí de una oreja, y me llevan delante del cuadro para que vea cómo borran coléricas la mala pintura que hice de ellas. Y luego, ¿qué he de saber yo, sin más dibujo que el que me enseñó el señor Mazuchellí, ni más colores que estos tan pálidos que saco de mí misma?

Seguía Lucía con ojos inquietos la fisonomía de Juan, profundamente interesado en lo que, en uno de esos momentos de explicación de sí mismos que gustan de tener los que llevan algo en sí y se sienten morir, iba diciendo Ana. ¡Qué Juan aquel, que la tenía al lado, y pensaba en otra cosa! Ana, sí, Ana era muy buena; pero ¿qué derecho tenía Juan a olvidarse tanto de Lucía, y estando a su lado, poner tanta atención en las rarezas de Ana? Cuando ella estaba a su lado, ella debía ser su único pensamiento. Y apretaba sus labios; se le encendían de pronto, como de un vuelco de la sangre las mejillas; enrollaba nerviosamente en el dedo índice de la mano izquierda un finísimo pañuelo de batista y encaje. Y lo enrolló tanto y tanto, y lo desenrollaba con tal violencia, que yendo rápidamente de una mano a la otra, el lindo pañuelo parecía una víbora, una de esas víboras blancas que se ven en la costa yucateca.

—Pero no es por eso por lo que no enseño yo a nadie mis cuadritos—siguió Ana—; sino porque cuando los estoy pintando, me alegro o me entristezco como una loca, sin saber por qué: salto de contento, yo que no puedo saltar ya mucho, cuando creo que con un rasgo de pincel le he dado a unos ojos, o a la tórtola viuda que pinté el mes pasado, la expresión que yo quería; y si pinto una desdicha, me parece que es de veras, y me paso horas enteras mirándola, o me enojo conmigo misma si es de aquellas que yo no puedo remediar, como en esas dos telitas mías que tú conoces, Juan, *La madre sin hijo* y el hombre que se muere en un sillón, mirando en la chimenea el fuego apagado: *El hombre sin amor*. No se ría, Pedro, de esta colección de extravagancias. Ni diga que estos asuntos son para personas mayores; las enfermas son como unas viejitas, y tienen derecho a esos atrevimientos.

—Pero, ¿cómo—le dijo Pedro subyugado—, no han de tener sus cuadros todo el encanto y el color de ópalo de su alma?

—¡Oh! ¡oh! a lisonja llaman: vea que ya no es de buen gusto ser lisonjero. La lisonja en la conversación, Pedro, es ya como la Arcadia en la pintura: ¡cosa de principiantes!

—Pero, ¿por qué decías, puso aquí Juan, que no querías exhibir tus cuadros?

—Porque como desde que los imagino hasta que los acabo voy poniendo en ellos tanto de mi alma, al fin ya no llegan a ser telas, sino mi alma misma, y me da vergüenza de que me la vean, y me parece que he pecado con atreverme a asuntos que están mejor para nube que para colores, y como solo yo sé cuánta paloma arrulla, y cuánta violeta se abre, y cuánta estrella lucen lo que pinto; como yo sola siento cómo me duele el corazón, o se me llena todo el pecho de lágrimas o me laten las sienes, como si me las azotasen alas, cuando estoy pintando; como nadie más que yo sabe que esos pedazos de lienzo, por desdichados que me salgan, son pedazos de entrañas mías en que he puesto con mi mejor voluntad lo mejor que hay en mí, ¡me da como una soberbia de pensar que si los enseño en público, uno de esos críticos sabios o cabalierines presuntuosos me diga, por lucir un nombre recién aprendido de pintor extranjero, o una linda frase, que esto que yo hago es de Chaplin o de Lefevre, o a mi cuadrito Flores vivas, que he descargado sobre él una escopeta llena de colores! ¿Te acuerdas? ¡como si no supiera yo que cada flor de aquellas es una persona que yo conozco, y no hubiera yo estudiado tres o cuatro personas de un mismo carácter, antes de simbolizar el carácter en una flor; como si no supiese yo quién es aquella rosa roja, altiva, con sombras negras, que se levanta por sobre todas las demás en su tallo sin hojas, y aquella otra flor azul que mira al cielo como si fuese a hacerse pájaro y a tender a él las alas, y aquel aguinaldo lindo que trepa humildemente, como un niño castigado, por el tallo de la rosa roja. ¡Malos! ¡escopeta cargada de colores!

—Ana: yo sí que te recogería a ti, con tu raíz, como una flor, y en aquel gran vaso indio que hay en mi mesa de escribir, te tendría perpetuamente, para que nunca se me desconsolase el alma.

—Juan—dijo Lucía, como a la vez conteniéndose y levantándose—: ¿quieres venir a oír el «M'odi tu» que me trajiste el sábado? ¡No lo has oído todavía!

—¡Ah! y a propósito, no saben ustedes—dijo Pedro como poniéndose ya en pie para despedirse—, que la cabeza ideal que ha publicado en su último número *La Revista de Artes...*.

—¿Qué cabeza?—preguntó Lucía—¿una que parece de una virgen de Rafael, pero con ojos americanos, con un talle que parece el cáliz de un lirio?

—Esa misma, Lucía: pues no es una cabeza ideal, sino la de una niña que va a salir la semana que viene del colegio, y dicen que es un pasmo de hermosura: es la cabeza de Leonor del Valle.

Se puso en pie Lucía con un movimiento que pareció un salto; y Juan alzó del suelo, para devolvérselo, el pañuelo, roto.

Capítulo II

Como veinte años antes de la historia que vamos narrando, llegaron a la ciudad donde sucedió, un caballero de mediana edad y su esposa, nacidos ambos en España, de donde, en fuerza de cierta indómita condición del honrado don Manuel del Valle, que le hizo mal mirado de las gentes del poder como cabecilla y vocero de las ideas liberales, decidió al fin salir el señor don Manuel; no tanto porque no le bastase al Sustento su humilde mesa de abogado de provincia, cuanto porque siempre tenía, por moverse o por estarse quedo, al guindilla, como llaman allá al policía, encima; y porque, a consecuencia de querer la libertad limpia y para buenos fines, se quedó con tan pocos amigos entre los mismos que parecían defenderla, y lo miraban como a un celador enojoso, que esto más le ayudó a determinar, de un golpe de cabeza, venir a «las Repúblicas de América», imaginando, que donde no había reina liviana, no habría gente oprimida, ni aquella trabilla de cortesanos perezosos y aduladores, que a don Manuel le parecían vergüenza rematada de su especie, y, por ser hombre él, como un pecado propio.

Era de no acabar de oírle, y tenerle que rogar que se calmase, cuando con aquel lenguaje pintoresco y desembarazado recordaba, no sin su buena cerrazón de truenos y relámpagos y unas amenazas grandes como torres, los bellacos oficios de tal o de cual marquesa, que auxiliando ligerezas ajenas querían hacer, por lo comunes, menos culpables las propias; o tal historia de un capitán de guardias, que pareció bien en la corte con su ruda belleza de montañés y su cabello abundante y alborotado, y apenas entrevió su buena fortuna tomó prestados unos dineros, con que enrizarse, en lo del peluquero la cabellera, y en lo del sastre vestir de paño bueno, y en lo del calzador comprarse unos botitos, con que estar galán en la hora en que debía ir a palacio, donde al volver el capitán con estas donosuras, pareció tan feo y presumido que en poco estuvo que perdiese algo más que la capitanía. Y de unas jiras, o fiestas de campo, hablaba de tal manera don Manuel, así como de ciertas cenas en la fonda de un francés, que cuando contaba de ellas no podía estar sentado; y daba con el puño sobre la mesa que le andaba cerca, como para acentuar las palabras, y arreciaban los truenos, y abría cuantas ventanas o puertas hallaba a mano. Se desfiguraba el buen caballero español, de santa ira, la cual, como apenado luego de haberle dado riendas en tierra que al fin no era la suya, venía siempre a parar en que don Manuel tocase en la guitarra que se había traído cuando el viaje, con una ternura que solía humedecer los ojos suyos y los ajenos, unas serenatas de su propia música, que más que de la rondalla aragonesa que le servía como de arranque y *ritornello*, tenía de desesperada canción de amores de un trovador muerto de ellos por la dama de un duro castellano, en un castillo, allá tras de los mares, que el trovador no había de ver jamás.

En esos días la linda doña Andrea, cuyas largas trenzas de color castaño eran la envidia de cuantas se las conocían, extremaba unas pocas habilidades de cocina, que se trajo de España, adivinando que complacería con ellas más tarde a su marido. Y cuando en el cuarto de los libros, que en verdad era la sala de la casa, centelleaba don Manuel, sacudiéndose más que echándose sobre uno y otro hombro alternativamente los cabos de la capa que so pretexto de frío se quitaba raras veces, era fijo que andaba entrando y saliendo por la cocina, con su cuerpo elegante y modesto, la buena señora doña Andrea, poniendo mano en un pisto manchego, o aderezando unas farinetas de Salamanca que a escondidas había pedido a sus parientes en España, o preparando, con más voluntad que arte, un arroz con chorizo, de cuyos primores, que acababan de calmar las iras del republicano, jamás dijo mal don Manuel del Valle, aun cuando en sus adentros reconociese que algo se había quemado allí, o sufrido accidente mayor: o los chorizos, o el arroz, o entrambos. ¡Fuera de la patria, si piedras negras se reciben de ella, de las piedras negras parece que sale luz de astro!

Era de acero fino don Manuel, y tan honrado, que nunca, por muchos que fueran sus apuros, puso su inteligencia y saber, ni excesivos ni escasos, al servicio de tantos poderosos e intrigantes como andan por el mundo, quienes suelen estar prontos a sacar de agonía a las gentes de talento menesterosas, con tal que éstas se presten a ayudar con sus habilidades el éxito de las tramas con que aquellos promueven y sustentan su fortuna: de tal modo que, si se va a ver, está hoy viviendo la gente con tantas mañas, que es ya hasta de mal gusto ser honrado.

En este diario y en aquel, no bien puso el pie en el país, escribió el señor Valle con mano ejercitada, aunque un tanto febril y descompuesta, sus azotainas contra las monarquías y vilezas que engendra, y sus himnos, encendidos como cantos de batalla, en loor de la libertad, de que «los campos nuevos y los altos montes y los anchos ríos de esta linda América, parecen natural sustento».

Mas a poco de esto, hacía veinticinco años a la fecha de nuestra historia tales cosas iba viendo nuestro señor don Manuel que volvió a tomar la capa, que por inútil había colgado en el rincón más hondo del armario, y cada día se fue callando más, y escribiendo menos, y arrebujándose mejor en ella, hasta que guardó las plumas, y muy apegado ya a la clemente temperatura del país y al dulce trato de sus hijos para pensar en abandonarlo, determinó abrir escuela; si bien no introdujo en el arte de enseñar, por no ser aun este muy sabido tampoco en España, novedad alguna que acomodase mejor a la educación de los hispanoamericanos fáciles y ardientes, que los torpes métodos en uso, ello es que con su Iturzaeta y su Aritmética de Krüger y su Dibujo Lineal, y unas encendidas lecciones de Historia, de que salía bufando y escapando Felipe Segundo como comido de llamas, el señor Valle sacó una generación de discípulos, un tanto románticos y dados a lo maravilloso, pero que fueron a su tiempo mancebos de honor y enemigos tenaces de los gobiernos tiránicos. Tanto que hubo vez en que, por cosas como las de poner en su lugar a Felipe Segundo, estuvo a punto el señor don Manuel de ir, con su capa y su cuaderno de Iturzaeta, a dar en manos de los guindillas americanos «en estas mismísimas Repúblicas de América». A la fecha de nuestra historia, hacía ya unos veinticinco años de esto.

Tan casero era don Manuel, que apenas pasaba año sin que los discípulos tuviesen ocasión de celebrar, cuál con una gallina, cuál con un par de pichones, cuál con un pavo, la presencia de un nuevo ornamento vivo de la casa.

—Y ¿qué ha sido, don Manuel? ¿Algún Aristogitón que haya de librar a la patria del tirano?

—¡Calle usted, paisano, calle usted; un malakoff más!— Malakoff, llamaban entonces, por la torre famosa en la guerra de Crimea, a lo que en llano se ha llamado siempre miriñaque o crinolina.

Y don Manuel quería mucho a sus hijos, y se prometía vivir cuanto pudiese para ellos; pero le andaba desde hacía algún tiempo por el lado izquierdo del pecho un carcominillo que le molestaba de verdad, como una cestita de llamas que estuviera allí encendida, de día y de noche, y no se apagase nunca. Y como cuando la cestita le quemaba con más fuerza sentía él un poco paralizado el brazo del corazón, y todo el cuerpo vibrante como las cuerdas de un violín, y después de eso le venían de pronto unos apetitos de llorar y una necesidad de tenderse por tierra, que le ponían muy triste, aquel buen don Manuel no veía sin susto cómo le iban naciendo tantos hijos, que en el caso de su muerte habían de ser más un estorbo que una ayuda para «esa pobre Andrea, que es mujer muy señora y bonaza, pero ¡para poco, para poco!».

***

Cinco hijas llegó a tener don Manuel del Valle, mas antes de ellas le había nacido un hijo, que desde niño empezó a dar señales de ser alma de pro. Tenía gustos raros y bravura desmedida, no tanto para lidiar con sus compañeros, aunque no rehuía la lidia en casos necesarios, como para afrontar situaciones difíciles, que requerían algo más que la fiereza de la sangre o la presteza de los puños. Una vez, con unos cuantos compañeros suyos, publicó en el colegio un periodiquín manuscrito, y por supuesto revolucionario, contra cierto pedante profesor que prohibía a sus alumnos argumentarles sobre los puntos que les enseñaba; y como un colegial aficionado al lápiz pintase de pavo real a este maestrazo, en una lámina repartida con el periodiquín, y don Manuel, en vista de la queja del pavo real, amenazara en sala plena con expulsar del colegio en consejo de disciplina al autor de la descortesía, aunque fuese su propio hijo, el gentil Manuelillo, digno primogénito del egregio varón, quiso quitar de sus compañeros toda culpa, y echarla entera sobre sí; y levantándose de su asiento, dijo, con gran perplejidad del pobre don Manuel, y murmullos de admiración de la asamblea:

—Pues, señor Director: yo solo he sido.

Y pasaba las noches en claro, luego que se le extinguía la vela escasa que le daban, leyendo a la luz de la luna. O echaba a caminar, con las *Empresas* de Saavedra Fajardo bajo el brazo, por las calles umbrosas de la Alameda, y creyéndose a veces nueva encarnación de las grandes figuras de la historia, cuyos gérmenes le parecía sentir en sí, y otras desesperando de hacer cosa que pudiera igualarlo a ellas, rompía a llorar, de desesperación y de ternura. O se iba de noche a la orilla de la mar, a que le salpicasen el rostro las gotas frescas que saltaban del agua salada al reventar contra las rocas.

Leía cuanto libro le caía a la mano. Montaba en cuanto caballo veía a su alcance: y mejor si lo hallaba en pelo; y si había que saltar una cerca mejor. En una noche se aprendía los libros que en todo el año escolar no podían a veces dominar sus compañeros; y aunque la Historia Natural y la Universal y cuanto añadiese algo útil a su saber y le estimulase el juicio y la verba, eran sus materias preferidas, a pocas ojeadas penetraba el sentido de la más negra lección de Álgebra, tanto que su maestro, un ingeniero muy mentado y brusco, le ofreció enseñarle, en premio de su aplicación, la manera de calcular lo infinitésimo.

Escribía Manuelillo, en semejanza de lo que estaba en boga entonces, unas letrillas y artículos de costumbres que ya mostraban a un enamorado de la buena lengua; pero a poco se soltó por natural empuje, con vuelos suyos propios, y empezó a enderezar a los gobernantes que no dirigen honradamente a sus pueblos, unas odas tan a lo pindárico, y recibidas con tal favor entre la gente estudiantesca, que en una revuelta que tramaron contra el Gobierno unos patricios que andaban muy solos, pues llevaban consigo la buena doctrina, fue hecho preso don Manuelillo, quien en verdad tenía en la sangre el microbio sedicioso; y bien que tuvieron que empeñarse los amigos pudientes de don Manuel para que en gracia de su edad saliese libre el Pindarito, a quien su padre, riñéndole con los labios, en que le temblaban los bigotes, como los árboles cuando va a caer la lluvia, y aprobándole con el corazón, envió a seguir, en lo que cometió grandísimo error, estudios de Derecho en la Universidad de Salamanca, más desfavorecida que otras de España, y no muy gloriosa ahora, pero donde tenía la angustiada doña Andrea los buenos parientes que le enviaban las farinetas.

Se fue el de las odas en un bergantín que había venido cargado de vinos de Cádiz; y sentadito en la popa del barco, fijaba en la costa de su patria los ojos anegados de tan triste manera, que a pesar del águila nueva que llevaba en el alma, le parecía que iba todo muerto y sin capacidad de resurrección y que era él como un árbol prendido a aquella costa por las raíces, al que el buque llevaba atado por las ramas pujando mar afuera, de modo que sin raíces se quedaba el árbol, si lograba arrancarlo de la costa la fuerza del buque, y moría: o como el tronco no podía resistir aquella tirantez, se quebraría al fin, y moría también; pero lo que don Manuelillo veía claro, era que moría de todos modos. Lo cual, ¡ay! fue verdad, cuatro años más tarde, cuando de Salamanca había hallado aquel niño manera de pasar, como ayo en la casa de un conde carlista, a estudiar a Madrid. Se murió de unas fiebres enemigas, que le empezaron con grandes aturdimientos de cabeza, y unas visiones dolorosas y tenaces que él mismo describía en su cama revuelta, de delirante, con palabras fogosas y desencajadas, que parecían una caja de joyas rotas; y sobre todo, una visión que tenía siempre delante de los ojos, y creía que se le venía encima, y le echaba un aire encendido en la frente, y se iba de mal humor, y se volvía a él de lejos, llamándole con muchos brazos: la visión de una palma en llamas. En su tierra, las llanuras que rodeaban la ciudad estaban cubiertas de palmas.

***

No murió don Manuel del pesar de que hubiese muerto su hijo, aunque bien pudo ser; sino que dos años antes, y sin que Manuelillo lo supiese, se sentó un día en su sillón, muy envuelto en su capa, y con la guitarra al lado, como si sintiese en el alma unas muy dulces músicas, a la vez que un frescor húmedo y sabroso, que no era el de todos los días, sino mucho más grato. Doña Andrea estaba sentada en una banqueta a sus pies, y, lo miraba con los ojos secos, y crecidos, y le tenía las manos. Dos hijas lloraban abrazadas en un rincón: la mayor, más valiente, le acariciaba con la mano los cabellos, o lo entretenía con frases zalameras, mientras le preparaba una bebida; de pronto, desasiéndose bruscamente de las manos de doña Andrea, abrió don Manuel los brazos y los labios como buscando aire; los cerró violentamente alrededor de la cabeza de doña Andrea, a quien besó en la frente con un beso frenético; se irguió como si quisiera levantarse, con los brazos al cielo; cayó sobre el respaldo del asiento, estremeciéndosele el cuerpo horrendamente, como cuando en tormenta furiosa un barco arrebatado sacude la cadena que lo sujeta al muelle; se le llenó de sangre todo el rostro, como si en lo interior del cuerpo se le hubiese roto el vaso que la guarda y distribuye; y blanco, y sonriendo, con la mano casualmente caída sobre el mango de su guitarra, quedó muerto. Pero nunca se lo quiso decir doña Andrea a Manuelillo, a quien contaban que el padre no escribía porque sufría de reumatismo en las manos, para que no le entrase el miedo por las angustias de la casa, y quisiese venir a socorrerlas, interrumpiendo antes de tiempo sus estudios. Y era también que doña Andrea conocía que su pobre hijo había nacido comido de aquellas ansias de redención y evangélica quijotería que le habían enfermado el corazón al padre, y acelerado su muerte, y como en la tierra en que vivían había tanto que redimir, y tanta cosa cautiva que libertar, y tanto entuerto que poner derecho, veía la buena Madre, con espanto, la hora de que su hijo volviese a su patria, cuya hora, en su pensar, sería la del sacrificio de Manuelillo.

—¡Ay!—decía doña Andrea—, una vez que un amigo, de la casa le hablaba con esperanzas del porvenir del hijo. Él será infeliz, y nos hará aun más infelices sin quererlo. Él quiere mucho a los demás, y muy poco a sí mismo. Él no sabe hacer víctimas, sino serlo. Afortunadamente, aunque de todos modos, por desdicha de doña Andrea, Manuelillo había partido de la tierra antes de volver a ver la suya propia, ¡detrás de la palma encendida!

¿Quién que ve un vaso roto, o un edificio en ruina, o una palma caída, no piensa en las viudas? A don Manuel no le habían bastado las fuerzas, y en tierra extraña esto había sido mucho, más que para ir cubriendo decorosamente con los productos de su trabajo las necesidades domésticas. Ya el ayudar a Manuelillo a mantenerse en España le había puesto en muy grandes apuros.

Estos tiempos nuestros están desquiciados, y con el derrumbe de las antiguas vallas sociales y las finezas de la educación, ha venido a crearse una nueva y vastísima clase de aristócratas de la inteligencia, con todas las necesidades de parecer y gustos ricos que de ella vienen, sin que haya habido tiempo aun, en lo rápido del vuelco, para que el cambio en la organización y repartimiento de las fortunas corresponda a la brusca alteración en las relaciones sociales, producidas por las libertades políticas y la vulgarización de los conocimientos. Una hacienda ordenada es el fondo de la felicidad universal. Y búsquese en los pueblos, en las casas, en el amor mismo más acendrado y seguro, la causa de tantos trastornos y rupturas, que los oscurecen y afean, cuando no son causa del apartamiento, o de la muerte, que es otra forma de él: la hacienda es el estómago de la felicidad. Maridos, amantes, personas que aun tenéis que vivir y anheláis prosperar: ¡organizad bien vuestra hacienda!

De este desequilibrio, casi universal hoy, padecía la casa de don Manuel, obligado con sus medios de hombre pobre a mantenerse, aunque sin ostentación ni despilfarro, como caballero rico. ¿Ni quién se niega, si los quiere bien, a que sus hijos brillantes e inteligentes, aprendan esas cosas de arte, el dibujar, el pintar, el tocar piano, que alegran tanto la casa, y elevan, si son bien comprendidas y caen en buena tierra, el carácter de quien las posee, esas cosas de arte que apenas hace un siglo eran todavía propiedad casi exclusiva de reinas y princesas? ¿Quién que ve a sus pequeñines finos y delicados, en virtud de esa aristocracia del espíritu que en estos tiempos nuevos han sustituido a la aristocracia degenerada de la sangre, no gusta de vestirlos de linda manera, en acuerdo con el propio buen gusto cultivado, que no se contenta con falsificaciones y bellaquerías, y de modo que el vestir complete y revele la distinción del alma de los queridos niños? Uno, padrazo ya, con el corazón estremecido y la frente arrugada, se contenta con un traje negro bien cepillado y sin manchas, con el cual, y una cara honrada, se está bien y se es bien recibido en todas partes; pero, ¡para la mujer, a quien hemos hecho sufrir tanto! ¡para los hijos, que nos vuelven locos y ambiciosos, y nos ponen en el corazón la embriaguez del vino, y en las manos el arma de los conquistadores! ¡para ellos, oh, para ellos, todo nos parece poco!

De manera que, cuando don Manuel murió, solo había en la casa los objetos de su uso y adorno, en que no dejaba de adivinarse más el buen gusto que la holgura, los libros de don Manuel, que miraba la madre como pensamientos vivos de su esposo, que debían guardarse íntegros a su hijo ausente, y los enseres de la escuela, que un ayudante de don Manuel, que apenas le vio muerto se alzó con la mayor parte de sus discípulos, halló manera de comprar a la viuda, abandonada así por el que en conciencia debió continuar ayudándola, en una suma corta, la mayor, sin embargo, que después de la muerte de don Manuel se vio nunca en aquella pobre casa. Hacen pensar en las viudas las palmas caídas.

Este o aquel amigo, es verdad, querían saber de vez en cuando qué tal le iba yendo a la pobre señora. ¡Oh! se interesaban mucho por su suerte. Ya ella sabía: en cuanto le ocurriese algo no tenía más que mandar. Para cualquier cosa, para cualquier cosa estaban a su disposición. Y venían en visita solemne, en día de fiesta, cuando suponían que había gente en la casa; y se iban haciendo muchas cortesías, como si con la ceremonia de ellas quisiesen hacer olvidar la mayor intimidad que podría obligarlos a prestar un servicio más activo. Da espanto ver cuán sola se queda una casa en que ha entrado la desgracia: da deseos de morir.

¿Qué se haría doña Andrea, con tantas hijas, dos de ellas ya crecidas; con el hijo en España, aunque ya el noble mozo había prohibido, aun suponiendo a su padre vivo, que le enviasen dinero? ¿qué se haría con sus hijas pequeñas, que eran, las tres, por lo modestas y unidas, la gala del colegio; con Leonor, la última flor de sus entrañas, la que las gentes detenían en la calle para mirarla a su placer, asombradas de su hermosura? ¿qué se haría doña Andrea? Así, cortado el tronco, se secan las ramas del árbol, un tiempo verdes, abandonadas sobre la tierra. ¡Pero los libros de don Manuel no! esos no se tocaban: nada más que a sacudirlos, en la piececita que les destinó en la casa pobrísima que tomó luego, permitía la señora que entrasen una vez al mes. O cuando, ciertos domingos, las demás niñas iban a casa de alguna conocida a pasar la tarde, doña Andrea se entraba sola en la habitación, con Leonor de la mano, y allí a la sombra de aquellos tomos, sentada en el sillón en que murió su marido, se abandonaba a conversaciones mentales, que parecían hacerle gran bien, porque salía de ellas en un estado de silenciosa majestad, y como más clara de rostro y levantada de estatura; de tal modo que las hijas cuando volvían de su visita, conocían siempre, por la mayor blandura en los ademanes, y expresión de dolorosa felicidad de su rostro, si doña Andrea había estado en el cuarto de los libros. Nunca Leonor parecía fatigada de acompañar a su madre en aquellas entrevistas: sino que, aunque ya para entonces tenía sus diez años, se sentaba en la falda de su madre, apretada en su regazo o abrazada a su cuello, o se echaba a sus pies, reclinando en sus rodillas la cabeza, con cuyos cabellos finos jugaba la viuda, distraída. De vez en cuando, pocas vedes, la cogía doña Andrea en un brusco movimiento en sus brazos, y besando con locura la cabeza de la niña rompía en amarguísimos sollozos. Leonor, silenciosamente, humedecía en todo este tiempo la mano de su madre con sus besos.

***

De España se trajo pocas cosas don Manuel, y doña Andrea menos, que era de familia hidalga y pobre. Y todo, poco a poco, para atender a las necesidades de la casa, fue saliendo de ella: hasta unas perlas margaritas que había llevado de América a Salamanca un tío, abuelo de doña Andrea, y un aguacate de esmeralda de la misma procedencia, que recibió de sus padres como regalo de matrimonio; hasta unas cucharas y vasos de plata que se estrenaron cuando se casó la madre de don Manuel, y este solía enseñar con orgullo a sus amigos americanos, para probar en sus horas de desconfianza de la libertad, cuánto más sólidos eran los tiempos, cosas y artífices de antaño.

Y todas las maravillas de la casa fueron cayendo en manos de inclementes compradores; una escena autógrafa de *El Delincuente Honrado* de Jovellanos; una colección de monedas romanas y árabes de Zaragoza, de las cuales las árabes estimulaban la fantasía y avivaban las miradas de Manuelillo cada vez que el padre le permitía curiosear en ellas; una carta de doña Juana la Loca, que nunca fue loca, a menos que amar bien no sea locura, y en cuya carta, escrita de manos del secretario Passamonte, se dicen cosas tan dignas y tan tiernas que dejaban enamorados de la reina a los que las leían, y dulcemente conmovidas las entrañas.

Así se fueron otras dos joyas que don Manuel había estimado mucho, y mostraba con la fruición de un goloso que se complace traviesamente en hacer gustar a sus amigos un plato cuya receta está decidido a no dejarles conocer jamás: un estudio en madera de la cabeza de San Francisco, de Alonso Cano, y un dibujo de Goya, con lápiz rojo, dulce como una cabeza del mismo Rafael.

Con las cucharas de plata se pagó un mes la casa; la esmeralda dio para tres meses; con las monedas fueron ayudándose medio año. Un desvergonzado compró la cabeza, en un día de angustia, en cinco pesos. Un tanto se auxiliaban con unos cuantos pesos que, muy mal cobrados y muy regañados, ganaban doña Andrea y las hijas mayores enseñando a algunas niñas pequeñas del barrio pobre donde habían ido a refugiarse en su penuria. Pero el dibujo de Goya, ese si se vendió bien. Ese, él solo, produjo tanto como las margaritas y las cucharas de plata, y el aguacate. El dibujo de Goya, única prenda que no se arrepintió doña Andrea de haber vendido, porque le trajo un amigo, lo compró Juan Jerez; Juan Jerez que cuando murió en Madrid Manuelillo, y la madre extremada por los gastos en que la puso una enfermedad grave de su niña Leonor, se halló un día pensando con espanto en que era necesario venderlos, compró los libros a doña Andrea, mas no se los llevó consigo, sino que se los dejó a ella «porque él no tenía donde ponerlos, y cuando los necesitase, ya se los pediría». Muy ruin tiene que ser el mundo, y doña Andrea sabía de sobra que suele ser ruin, para que ese día no hubiese satisfecho su impulso de besar a Juan la mano.

Pero Juan, joven rico y de padres y amistades que no hacían suponer que buscase esposa en aquella casa desamparada y humilde, comprendió que no debía ser visita de ella, donde ya eran alegría de los ojos y del corazón, más por lo honestas que por lo lindas, las dos niñas mayores, y muy distraído el pensamiento en cosas de la mayor alteza, y muy fino y generoso, y muy sujeto ya por el agradecimiento del amor que le mostraba a su prima Lucía, ni visitaba frecuentemente la casa de doña Andrea, ni hacía alarde de no visitarla, como que le llevó su propio médico cuando la enfermedad de Leonor, y volvió cuando la venta de los libros, y cuando sabía alguna aflicción de la señora, que con su influjo, el no con su dinero que solía escasearle, podía tener remedio.

***

Lo que, como un lirio de noche en una habitación oscura, tuvo en medio de todas estas agonías iluminada el alma de doña Andrea, y le aseguró en su creencia bondadosa en la nobleza de la especie humana, fue que, ya porque en realidad le apenase la suerte de la viuda, ya porque creyera que había de parecer mal, siendo como el don Manuel bien querido, y maestro como ella, que permitieran la salida de sus hijas del colegio por falta de paga, la directora del Instituto de la Merced, el más famoso y rico del país, hizo un día, en un hermoso coche, una visita, que fue muy sonada, a casa de doña Andrea, y allí le dijo magnánimamente, cosa que enseguida vociferó y celebró mucho la prensa, que las tres niñas recibirían en su colegio, si ella no lo mandaba de otro modo, toda su educación, como externas, sin gasto alguno. Aquella vez sí que doña Andrea, sin los miramientos que en el caso de Juan habían más tarde de impedírselo, cubrió de besos la mano de la directora, quien la trató con una hermosa bondad pontificia, y como una mujer inmaculada trata a una culpable, tras de lo cual se volvió muy oronda a su colegio, en su arrogante coche.

Es verdad que las niñas no decían a doña Andrea que, aunque no las había en el colegio más aplicadas que ellas, ni que llevaran los vestiditos más blancos y bien cuidados, ni que, en la clase y recreo mostrasen mayor compostura, los vales a fin de semana, y los primeros puestos en las competencias, y los premios en los exámenes, no eran nunca para ellas; los regaños, sí. Cuando la niña del ministro había derramado un tintero, de seguro que no había sido la niña del ministro, ¿cómo había de ser la hija del ministro? había sido una de las tres niñas del Valle. La hija de Mr. Floripond, el poderoso banquero, la fea, la huesuda, la descuidada, la envidiosa Iselda, había escondido, donde no pudiese ser hallado, su caja de lápices de dibujar: por supuesto, la caja no aparecía: «¡Allí todas las niñas tenían dinero para comprar sus cajas! ¡las únicas que no tenían dinero allí eran las tres del Valle!» y las registraban, a las pobrecitas, que se dejaban registrar con la cara llena de lágrimas, y los brazos en cruz, cuando por fortuna la niña de otro banquero, menos rico que Mr. Floripond, dijo que había visto a Iselda poner la caja de lápices en la bolsa de Leonor. Pero tan buenas, y serviciales fueron, tan apretaditas se sentaban siempre las tres, sin jugar, o jugando entre sí, en la hora de recreo; con tal mansedumbre obedecían los mandatos más destemplados e injustos; con tal sumisión, por el amor de su madre, soportaban aquellos rigores, que las ayudantes del colegio, solas y desamparadas ellas mismas, comenzaron a tratarlas con alguna ternura, a encomendarles la copia de las listas de la clase, a darles a afilar sus lápices, a distinguirlas con esos pequeños favores de los maestros que ponen tan orondos a los niños, y que las tres hijas de del Valle recompensaban con una premura en el servirlos y una modestia y gracia tal, que les ganaba las almas más duras. Esta bondadosa disposición de las ayudantes subió de punto cuando la directora, que no tenía hijos, y era aun una muy bella mujer, dio muestras de aficionarse tan especialmente a Leonor, que algunas tardes la dejaba a comer a su mesa, enviándola luego a doña Andrea con un afectuoso recado; y un domingo la sacó a pasear en su carruaje, complaciéndose visiblemente aquel día en responder con su mejor sonrisa a todos los saludos.

Porque los que poseen una buena condición, si bien la persiguen implacablemente en los demás cuando por causa de la posición o edad de estos, teman que lleguen a ser rivales, se complacen, por el contrario, por una especie de prolongación de egoísmo y por una fuerza de atracción que parece incontrastable y de naturaleza divina, en reconocer y proclamar en otros la condición que ellos mismos poseen, cuando no puede llegar a estorbarles.

Se aman y admiran a sí propios en los que, fuera ya de este peligro de rivalidad, tienen las mismas condiciones de ellos. Los miran como una renovación de sí mismos, como un consuelo de sus facultades que decaen, como si se viesen aun a sí propios tales como son aquellas criaturas nuevas, y no como ya van siendo ellos. Y las atraen a sí, y las retienen a su lado, como si quisiesen fijar, para que no se les escapase, la condición que ya sienten que los abandona. Hay, además, gran motivo de orgullo en oír celebrar la especie de mérito por que uno se distingue.

Verdad es que no había tampoco mejor manera de llamar la atención sobre sí que llevar cerca a Leonor. ¡Qué mirada, que parecía una plegaria! ¡Qué óvalo el del rostro, más perfecto y puro! ¡Qué cutis, que parecía que daba luz! ¡Qué encanto en toda ella, y qué armonía! De noche doña Andrea, que como a la menor de sus hijas la tuvo siempre en su lecho, no bien la veía dormida, la descubría para verla mejor; le apartaba los cabellos de la frente y se los alzaba por detrás para mirarle el cuello, le tomaba las manos, como podía tomar dos tórtolas, y se las besaba cuidadosamente; le acariciaba los pies, y se los cubría a lentos besos.

Alfombra hubiera querido ser doña Andrea, para que su hija no se lastimase nunca los pies, y para que anduviese sobre ella. Alfombra, cinta para su cuello, agua, aire, todo lo que ella tocase y necesitase para vivir, como si no tuviese otras hijas, quería ser para ella doña Andrea. Solía Leonor despertarse cuando su madre estaba contemplándola de esta manera; y entreabriendo dichosamente los ojos amantes y atrayéndola a sí con sus brazos, se dormía otra vez, con la cabeza de su madre entre ellos; de su madre que apenas dormía.

¡Cómo no padecería la pobre señora cuando la directora del colegio, estando ya Leonor en sus trece años, la vino a ver, como quien hace un gran servicio, y en verdad para el porvenir de Leonor lo era, para que lo permitiese retener a Leonor en el colegio como alumna interna! En el primer instante, doña Andrea se sintió caer al suelo, y, sin palabras, se quedó mirando a la directora fijamente, como a una enemiga. De pensarlo no más, ya le pareció que le habían sacado el corazón del pecho.

Balbuceó las gracias. La directora entendió que aceptaba.

—Leonor, doña Andrea, está destinada por su hermosura a llamar la atención de una manera extraordinaria. Es niña todavía, y ya ve usted cómo anda por la ciudad la fama de su belleza. Usted comprende que a mí me es más costoso tenerla en el colegio como a interna; pero creo de mi deber, por cariño a usted y al señor don Manuel, acabar mi obra.

Y la madre parecía que quería adelantar una objeción; y la mujer hermosa, que en realidad, en fuerza de la plácida beldad de Leonor, había concebido por ella un tierno afecto, decía precipitadamente estas buenas razones, que la madre veía lucir delante de sí, como puñales encendidos.

—Porque usted ve, doña Andrea, que la posición de Leonor en el mundo, va a ser sumamente delicada. La situación a que están ustedes reducidas las obliga a vivir apartadas de la sociedad, y en una esfera en que, por su misma distinción natural y por la educación que está recibiendo, no puede encontrar marido proporcionado para ella. Acabando de educarse en mi colegio como interna, se rozará mucho más, en estos tres años, con las niñas más elegantes y ricas de la ciudad, que se harán sus amigas íntimas; yo misma iré cuidando especialmente de favorecer aquellas amistades que le puedan convenir más cuando salga al mundo, y le ayuden a mantenerse en una esfera a que de otro modo, sin más que su belleza, en la posición en que ustedes están, no podría llegar nunca. Hermosa e inteligente como es, y moviéndose en buenos círculos, será mucho más fácil que inspire el respeto de jóvenes que de otro modo la perseguirían sin respetarla, y encuentre acaso entre ellos el marido que la haga venturosa. ¡Me espanta, doña Andrea—dijo la directora que observaba el efecto de sus palabras en la pobre madre—, me espanta pensar en la suerte que correría Leonor, tan hermosa como va a ser, en el desamparo en que tienen ustedes que vivir, sobre todo si llegase usted a faltarle! Piense usted en que necesitamos protegerla de su misma hermosura.

Y la directora, ya apiadada del gran dolor reflejado en las facciones de doña Andrea, que no tenía fuerzas para abrir

49

los labios, ya deseosa de alcanzar con halagos su anhelo, había tomado las manos de doña Andrea, y se las acariciaba bondadosamente.

Entró Leonor en este instante, y en el punto de verla, fue como si los torrentes de llanto apretados por la agonía se saliesen al fin de sus ojos; no dijo palabras, sino inolvidables sollozos; y se lanzó al encuentro de su hija, y se abrazó con ella estrechísimamente.

—Yo no iré, mamá, yo no iré—le decía Leonor al oído—, sin que lo oyese la directora; aunque ya Leonor le había dicho a esta que, si quería doña Andrea, ella quería ir.

A los pocos momentos doña Andrea, pálida, sentada ya junto a Leonor, a quien tenía de la mano, pudo por fin hablar. ¡Porque era ceder a cuanto le quedaba de don Manuel, a aquellas noches queridas suyas de silencio, en que su alma, a solas con su amargura y con su niña, recordaba y vivía; porque conforme se había ido apartando de todo, en sus hijas, y en Leonor, como un símbolo de todas ellas, se había refugiado, con la tenacidad de las almas sencillas que no tienen fuerza más que para amor; porque dar a Leonor era como dar todas las luces y todas las rosas de la vida!

Por fin pudo hablar, y con una voz opaca y baja, como de quien habla de muy lejos, dijo:

—Bueno, señora, bueno. Y Dios le pagará su buena intención. Leonor se quedará en el colegio.

Y ya hemos visto en los comienzos de esta historia que estaba Leonor a punto de salir de él.

Capítulo III

¿De qué ha de estar hablando toda la ciudad, sino de Sol del Valle? Era como la mañana que sigue al día en que se ha revelado un orador poderoso. Era como el amanecer de un drama nuevo. Era esa conmoción inevitable que, a pesar de su vulgaridad ingénita, experimentan los hombres cuando aparece súbitamente ante ellos alguna cualidad suprema. Después se coligan todos, en silencio primero, abiertamente luego, y dan sobre lo que admiraron. Se irritan de haber sido sorprendidos. Se encolerizan sordamente, por ver en otro la condición que no poseen. Y mientras más inteligencia tengan para comprender su importancia, más la abominan, y al infeliz que la alberga. Al principio, por no parecer envidiosos, hacen como que la acatan: y, como que es de fuertes no temer, ponen un empeño desmedido en alabar al mismo a quien envidian, pero poco a poco, y sin decirse nada, reunidos por el encono común, van agrupándose, cuchicheando, haciéndose revelaciones. Se ha exagerado. Bien mirado, no es lo que se decía. Ya se ha visto eso mismo. Esos ojos no deben ser suyos. De seguro que se recorta la boca con carmín. La línea de la espalda no es bastante pura. No, no es bastante pura. Parece como que hay una verruga en la espalda. No es verruga, es lobanillo. No es lobanillo, es joroba. Y acaba la gente por tener la joroba en los ojos, de tal modo que llega de veras a verla en la espalda, ¡porque la lleva en sí! Ea; eso es fijo: los hombres no perdonan jamás a aquellos a quienes se han visto obligados a admirar.

Pero allá, en un rincón del pecho, duerme como un portero soñoliento la necesidad de la grandeza. Es fama que, para dar al champaña su fragancia, destilan en cada botella, por un procedimiento desconocido, tres gotas de un licor misterioso. Así la necesidad de la grandeza, como esas tres gotas exquisitas, está en el fondo del alma. Duerme como si nunca hubiese de despertar, ¡oh, suele dormir mucho! ¡oh, hay almas en que el portero no despierta nunca! Tiene el sueño pesado, en cosas de grandeza, y sobre todo en estos tiempos, el alma humana. Mil duendecillos, de figuras repugnantes, manos de araña, vientre hinchado, boca encendida, de doble hilera de dientes, ojos redondos y libidinosos, giran constantemente alrededor de portero dormido, y le echan en los oídos jugo de adormideras, y se lo dan a respirar, y se lo untan en las sienes, y con pinceles muy delicados le humedecen las palmas de las manos, y se les encuclillan sobre las piernas, y se sientan sobre el respaldo del sillón, mirando hostilmente a todos lados, para que nadie se acerque a despertar al portero: ¡mucho suele dormir la grandeza en el alma humana! Pero cuando despierta, y abre los brazos, al primer movimiento pone en fuga a la banda de duendecillos de vientre hinchado. Y el alma entonces se esfuerza en ser noble, avergonzada de tanto tiempo de no haberlo sido. Solo que los duendecillos están escondidos detrás de las puertas, y cuando les vuelve a picar el hambre, porque se han jurado comerse al portero poco a poco, empiezan a dejar escapar otra vez el aroma de las adormideras, que a manera de cendales espesos va turbando los ojos y velando la frente del portero vencido; y no ha pasado mucho tiempo desde que puso a los duendes en fuga, cuando ya vuelven estos en confusión, se descuelgan de las ventanas, se dejan caer por las hojas de las puertas, salen de bajo las losas descompuestas del piso, y abriendo las grandes bocas en una risa que no suena, se le suben agilísimamente por las piernas y brazos, y uno se le para en un hombro, y otro se le sienta en un brazo, y todos agitan en alto, con un ruido de rata que roe, las adormideras. Tal es el sueño del alma humana.

¿De qué ha de estar hablando toda la ciudad, sino de Sol del Valle?

De ella, porque hablan de la fiesta de anoche: de ella, porque la fiesta alcanzó inesperadamente, a influjo de aquella niña ayer desconocida, una elevación y entusiasmo que ni los mismos que contribuyeron a ello volverían a alcanzar jamás. Tal como suelen los astros juntarse en el cielo, ¡ay! para chocar y deshacerse casi siempre, así, con no mejor destino, suelen encontrarse en la tierra, como se encontraron anoche, el genio, y ese otro genio, la hermosura.

***

De fama singular había venido precedido a la ciudad el pianista húngaro Keleffy. Rico de nacimiento, y enriquecido aun más por su arte, no viajaba, como otros, en busca de fortuna. Viajaba porque estaba lleno de águilas, que le comían el cuerpo, y querían espacio ancho, y se ahogaban en la prisión de la ciudad. Viajaba porque casó con una mujer a quien creyó amar, y la halló luego como una copa sorda, en que las armonías de su alma no encontraban eco, de lo que le vino postración tan grande que ni fuerzas tenía aquel músico-atleta, para mover las manos sobre el piano: hasta que lo tomó un amigo leal del brazo, y le dijo «Cúrate», y lo llevó a un bosque, y lo trajo luego al mar, cuyas músicas se le entraron por el alma medio muerta, se quedaron en ella, sentadas y con la cabeza alta, como leones que husmean el desierto, y salieron al fin de nuevo al mundo en unas fantasías arrebatadas que en el barco que lo llevaba por los mares improvisaba Keleffy, las que eran tales, que si se cerraban los ojos cuando se las oía, parecía que se levantaban por el aire, agrandándose conforme subían, unas estrellas muy radiosas, sobre un cielo de un negro hondo y temible, y otras veces, como que en las nubes de colores ligeros iban dibujándose unas como guirnaldas de flores silvestres, de un azul muy puro, de que colgaban unos cestos de luz: ¿qué es la música sino la compañera y guía del espíritu en su viaje por los espacios? Los que tienen ojos en el alma, han visto eso que hacían ver las fantasías que en el mar improvisaba Keleffy: otros hay, que no ven, por lo que niegan muy orondos que lo que ellos no han visto, otros lo vean. Es seguro que un topo no ha podido jamás concebir un águila.

Keleffy viajaba por América, porque le habían dicho que en nuestro cielo del Sur lucen los astros como no lucen en ninguna otra parte del cielo, y porque le hablaban de unas flores nuestras, grandes como cabeza de mujer y blancas como la leche, que crecen en los países del Atlántico, y de unas anchas hojas que se crían en nuestra costa exuberante, y arrancan de la madre tierra y se tienden voluptuosamente sobre ella, como los brazos de una divinidad vestida de esmeraldas, que llamasen, perennemente abiertas, a los que no tienen miedo de amar los misterios y las diosas.

Y aquel dolor de vivir sin cariño, y sin derecho para inspirarlo ni aceptarlo, puesto que estaba ligado a una mujer a quien no amaba; aquel dolor que no dormía, ni tenía paces, ni le quería salir del pecho, y le tenía la fantasía como apretada por serpientes, lo que daba a todo su música un aire de combate y tortura que solía privarla del equilibrio y proporción armoniosa que las obras durables de arte necesitan; aquel dolor, en un espíritu hermoso que, en la especie de peste amatoria que está enllagando el mundo en los pueblos antiguos, había salvado, como una paloma herida, un apego ardentísimo a lo casto; aquel dolor, que a veces con las manos crispadas se buscaba el triste músico por sobre el corazón, como para arrancárselo de raíz, aunque se tuviera que arrancar el corazón con él; aquel dolor no le dejaba punto de reposo, le hacía parecer a las veces extravagante y huraño, y aunque por la suavidad de su mirada y el ardor de su discurso se atrajese desde el primer instante, como un domador de oficio, la voluntad de los que le veían, poco a poco sentía él que en aquellos afectos iba entrando la sorda hostilidad con que los espíritus comunes persiguen a los hombres de alma superior, y aquella especie de miedo, si no de terror, con que los hombres, famélicos de goces, huyen, como de un apestado, de quien, bajo la pesadumbre de un infortunio, ni sabe dar alegrías, ni tiene el ánimo dispuesto a compartirlas.

***

Ya en la ciudad de nuestro cuento, cuya gente acomodada había ido toda, y en más de una ocasión, de viaje por Europa, donde apenas había casa sin piano, y, lo que es mejor, sin quien tocase en él con natural buen gusto, tenía Keleffy numerosos y ardientes amigos; tanto entre los músicos sesudos, por el arte exquisito de sus composiciones, como entre la gente joven y sensible, por la melodiosa tristeza de sus romanzas. De modo que cuando se supo que Keleffy venía, y no como un artista que se exhibe sino como un hombre que padece, determinó la sociedad elegante recibirle con una hermosísima fiesta, que quisieron fuese como la más bella que se hubiera visto en la ciudad, ya porque del talento de Keleffy se decían maravillas, ya porque esta buena ciudad de nuestro cuento no quería ser menos que otras de América, donde el pianista había sido ruidosamente agasajado.

En la «casa de mármol» dispusieron que se celebrase la gran fiesta: con un tapiz rojo cubrieron las anchas escaleras; los rincones, ya en las salas, ya en los patios, los llenaron de palmas; en cada descanso de la escalera central había un enorme vaso chino lleno de plantas de camelia en flor; todo un saloncito, el de recibir, fue colgado de seda amarilla; de higares ocultos por cortinas venía un ruido de fuentes. Cuando se entraba en el salón, en aquella noche fresca de la primavera, con todos los balcones abiertos a la noche, con tanta hermosa mujer vestida de telas ligeras de colores suaves, con tanto abanico de plumas, muy de moda entonces, moviéndose pausadamente, y con aquel vago rumor de fiesta que comienza, parecía que se entraba en un enorme cesto de alas. La tapa del piano, levantado para dar mayor sonoridad a las notas, parecía, como dominándolas a todas, una gran ala negra.

Keleffy, que discernía la suma de verdadero afecto mezclada en aquella fiesta de la curiosidad y sentía desde su llegada a América como si constantemente estuviesen encendidos en su alma dos grandes ojos negros; Keleffy a quien fue dulce no hallar casa, donde sus últimos dolores, vaciados en sus romanzas y nocturnos, no hubiesen encontrado manos tiernas y amigas, que se las devolvían a sus propios oídos como atenuados y en camino de consuelo, porque «en Europa se toca—decía Keleffy—, pero aquí se acaricia el piano»; Keleffy, que no notaba desacuerdo entre el casto modo con que quería él su magnífico arte, y aquella fiesta discreta y generosa, en que se sentía el concurso como penetrado de respeto, en la esfera inquieta y deleitosa de lo extraordinario; Keleffy, aunque de una manera apesarada y melancólica, y más de quien se aleja que de quien llega, tocó en el piano de madera negra, que bajo sus manos parecía a veces salterio, flauta a veces, y a veces órgano, algunas de sus delicadas composiciones, no aquellas en que se hubiera dicho que el mar subía en montes y caía roto en cristales, o que braceaba un hombre con un toro, y le hendía el testuz, y le doblaba las piernas, y lo echaba por tierra, sino aquellas otras flexibles fantasías que, a tener color, hubieran sido pálidas, y a ser cosas visibles, hubiesen parecido un paisaje de crepúsculo.

***

En esto, se oyó en todo el salón un rumor súbito, semejante al que en días de fiestas nacionales se oye en la muchedumbre de las plazas cuando rompe en un ramo de estrellas en el aire un fuego de artificio. ¡Ya se sabía que en el Instituto de la Merced había una niña muy bella! que era Sol del Valle; ¡pero no se sabía que era tan bella! Y fue al piano; porque ella era la discípula querida del Instituto y ninguna como ella entendía aquella plegaria de Keleffy, «¡Oh, madre mía», y la tocó, trémula al principio, olvidada después en su música y por esto más bella; y cuando se levantó del piano, el rumor fue de asombro ante la hermosura de la niña, no ante el talento de la pianista, no común por otra parte; y Keleffy la miraba, como si con ella se fuese ya una parte de él; y, al verla andar, la concurrencia aplaudía, como si la música no hubiera cesado, o como si se sintiese favorecida por la visita de un ser de esferas superiores, u orgullosa de ser gente humana, cuando había entre los seres humanos tan grande hermosura.

¿Cómo era? ¡Quién lo supo mejor que Keleffy! La miró, la miró con ojos desesperados y avarientos. Era como una copa de nácar, en quien nadie hubiese aun puesto los labios. Tenía esa hermosura de la aurora, que arroba y ennoblece. Una palma de luz era. Keleffy no la hablaba, sino la veía. La niña, cuando se sentó al lado de la directora, casi rompió en lágrimas. La revelación, la primera sensación del propio poder, lisonjea y asusta. Se tuvo miedo la niña, y aunque muy contenta de sí, halagada por aquel rumor como si le rozasen la frente con muy blandas plumas, se sintió sola y en riesgo, y buscó con los ojos, en una mirada de angustia a doña Andrea, ¡ay! a doña Andrea que, conforme iban pasando los años, se hundía en sí misma, para ver mejor a don Manuel, de tal manera que ya, si sonreía siempre, apenas hablaba. Se conversaba apresuradamente. Todos los ojos estaban sobre ella. ¿Quién es? ¿Quién es? Las mujeres no la celebraban, se erguían en sus asientos para verla; movían rápidamente el abanico, cuchicheaban a su sombra con su compañera; se volvían a mirarla otra vez. Los hombres, sentían en sí como una rienda rota; y algunos, como un ala. Hablaban con desusada animación. Se juntaban en corrillos. La medían con los ojos. Ya la veían de su brazo ostentándola en el salón, y le estrechaban el talle en el baile ardiente y atrevido; ya meditaban la frase encomiástica con que habían de deslumbrar al ser presentados a ella. «¿Conque esa es Sol del Valle?». «¿En qué casas visita?». «¿Va a casa de Lucía Jerez?». «Juan Jerez es amigo de la señora». «Allí está Juan Jerez; que nos presente». «Yo soy amigo de la directora: vamos». «¿Quién nos presentará a ella?». ¡Pobre niña! Su alcoba no la vio nunca como la dejaron aquellos curiosos. No es para la mayor parte de los hombres una obra santa, y una copa de espíritu la hermosura; sino una manzana apetitosa. Si hubiera un lente que permitiese a las mujeres ver, tales como les pasean por el cráneo los pensamientos de los hombres, y lo que les anda en el corazón, los querrían mucho menos.

Pero no era un hombre, no, el que con más insistencia, y un cierto encono mezclado ya de amor, miraba a Sol del Valle, y con dificultad contenía el llanto que se le venía a mares a los ojos, abiertos, en los que se movían los párpados apenas. La conocía en aquel momento, y ya la amaba y la odiaba. La quería como a una hermana; ¡qué misterios de estas naturalezas bravías e iracundas! y la odiaba con un aborrecimiento irresistible y trágico. Y cuando un caballero apuesto y cortés, que saludaba mucha gente a su paso, se acercó, por lo mismo que vivía en esfera social más alta, más que a saludar, a proteger a Sol del Valle, cuando Juan Jerez llegó al fin al lado de la niña, y Lucía Jerez, que era quien de aquella manera la miraba, los vio juntos, cerró los ojos, inclinó la cabeza sobre el hombro como quien se muere; se le puso todo el rostro amarillo; y solo al cabo de algún tiempo, al influjo del aire que agitaban sus compañeras con los abanicos, volvió a abrir los ojos, que parecían turbios, como si hubiera cruzado por su pensamiento un ave negra.

Y Keleffy en aquellos instantes tenía subyugada y muda a la concurrencia. Allí sus esperanzas puras de otros tiempos; sus agonías de esposo triste; el desorden de una mente que se escapa; el mar sereno luego; la flora toda americana, ardiente y rica; el encogimiento sombrío del alma infeliz ante la naturaleza hermosa; una como invasión de luz que encendiese la atmósfera, y penetrase por los rincones más negros de la tierra, y a través de las ondas de la mar, a sus cuevas de azul y corales; una como águila herida, con una llaga en el pecho que parecía una rosa, huyendo, a grandes golpes de ala, cielo arriba, con gritos desesperados y estridentes. Así, como un espíritu que se despide, tocó Keleffy el piano. Jamás pudo tanto, ni nadie le oyó así segunda vez. Para Sol era aquella fantasía; para Sol, a quien ni volvería a ver nunca, ni dejaría de ver jamás. Solo los que persiguen en vano la pureza, saben lo que regocija y exalta el hallarla. Solo los que mueren de amor a la hermosura entienden cómo, sin vil pensamiento, ya a punto de decir adiós para siempre a la ciudad amiga, tocó aquella noche en el piano Keleffy. Pero tocó de tal manera que, aun para la gente inculta, es todavía aquel un momento inolvidable. «Nos llevaba como un triunfador», decía un cronista al día siguiente, «sujetos a su carro. ¿Adónde íbamos? nadie lo sabía. Ya era un rayo que daba sobre un monte, como el acero de un gigante sobre el castillo donde supone a su dama encantada; ya un león con alas, que iba de nube en nube; ya un sol virgen que de un bosque temido, como de un nido de serpientes, se levanta; ya un recodo de selva nunca vista, donde los árboles no tenían hojas, sino flores; ya un pino colosal que, con estruendo de gemidos, se quebraba; era una grande alma que se abría. Mucho se había hecho admirar el apasionado húngaro en el comienzo de la fiesta; mas, aquella arrebatadora fantasía, aquel desborde de notas; ora plañideras, ora terribles, que parecían la historia de una vida, aquella, que fue su última pieza de la noche, porque nadie después de ella osó pedirle más, vino tan inmediatamente después de la aparición de la señorita

Sol del Valle, orgullo desde hoy de la ciudad que todos re-
conocimos en la improvisación maravillosa del pianista el
influjo que en él, como en cuantos anoche la vieron, con su
vestido blanco y su aureola de inocencia, ejerció la pasmosa
hermosura de la niña. Nace bien esta beldad extraordinaria, con el genio a sus plantas».

***

Dos amigas están sentadas a la sombra de la magnolia,
nuestra antigua conocida. En un sillón está sentada Lucía.
Otras sillas de mimbre esperan a sus dueñas, que andan
preparando dulces por los adentros de la casa, o con Ana,
que no está bien hoy. Está muy pálida. No se espera gente
de afuera aquella tarde; Juan Jerez no está en la ciudad: fue
el viernes a defender en el tribunal de un pueblo vecino los
derechos de unos indios a sus tierras, y aun no ha vuelto.
Lucía hubiera estado más triste, si no hubiera tenido a su
amiga a su lado. Juan no puede venir. Ferrocarril no hay
hoy. A caballo, es muy lejos. A los pies de Lucía, en una
banqueta, con los brazos cruzados sobre las rodillas de la
niña, ¿quién es la que está sentada, y la mira con largas miradas, que se entran por el alma como reinas hermosas que
van a buscar en ella su aposento, y a quedarse en ella; y la
deja jugar con su cabeza, cuya cabellera castaña destrenza
y revuelve, y alisa luego hacia arriba con mucho cuidado,
de modo que se le vea el noble cuello? A los pies de Lucía
está Sol del Valle.

***

Desde la noche de la fiesta de Keleffy, Lucía y Sol se han
visto muchas veces. ¿De conocerla, cómo había de librarse,
en estas ciudades nuestras en que todo el mundo se cono-

ce? Aquella misma noche, y no fue Juan por cierto, Lucía, muy adulada por la directora del Instituto de la Merced, de donde había salido tres años antes, se vio en brazos de Sol, que la miraba llena de esperanza y ternura. Se levantó la directora y llevó a Sol de la mano a donde Lucía estaba, taciturna. Las vio venir, y se echó atrás.

—¡Vienen a mí, a mí!—se dijo.

—Lucía, aquí te traigo una amiga, para que te la pongas en el corazón, y me la cuides como cosa de tu casa. En tus manos la puedo dejar: tú no eres envidiosa.

Y a Sol se le encendía el rostro, sin saber qué decir, y a Lucía se le desvanecía el color, buscando en balde fuerzas con que mover la mano y abrir los labios en una sonrisa.

—Pero esto no ha de ser así, no.

Y la directora puso el brazo de Sol en el de Lucía, y acompañadas de miradas celosas, se refugió por algunos momentos con ellas en un balcón, cuya baranda de granito estaba oculta bajo una enredadera florecida de rosas salomónicas. El balcón era grande y solemne; la noche, ya muy entrada, y el cielo, cariñoso y locuaz, como se pone en nuestros países cuando el aire está claro, y parece como que platican y se hacen visitas las estrellas.

—Y ante todo, Lucía y Sol, dense un beso.

—Mira, Lucía—dijo la directora juntando en sus manos las de las los niñas y hablando como si no estuviese Sol con ellas, quien se sentía las mejillas ardientes, y el pecho apretado con lo que la maestra iba diciendo, tanto, que por un instante vio el cielo todo negro, y como que desde su casita la estaba llamando doña Andrea—. Mira, Lucía, tú sabes cómo entra en la vida Sol del Valle, como lo sabe todo el mundo. Su padre se ha muerto. Su madre está en la mayor pobreza. Yo, que la quiero como a una hija, he procurado educarla para que se salve del peligro de ser hermosa siendo tan pobre.

Sintió Lucía en aquel instante como si la mano de Sol le temblase en la suya, y hubiese hecho un movimiento por retirarla y ponerse en pie.

—Señora....

—No, no, Lucía. La que va a ser mujer de Juan Jerez....

La sombra de una de las cortinas de la enredadera, que flotaba al influjo del aire, escondió en este instante el rostro de Sol.

—... merece que yo ponga en sus manos, para que me la enseñe al mundo a su lado y me la proteja, la joya de la casa con que ha sido Juan Jerez tan bueno.

Aquí la cortina flotante de la enredadera cubrió con su sombra el rostro de Lucía.

—Juan....

—Juan ha sido muy bueno—dijo como con cierta prisa voluntaria la directora—. Él apenas conoce a Sol, porque ha ido muy poco a casa de doña Andrea; pero como es tan generoso, se alegrará de que tú ampares a esta niña, con el respeto de tu casa, de los que, porque la verán desvalida....

Más blanco que su vestido pudo verse en este momento, el rostro de Sol.

—... querrán faltarle al respeto. Ya Sol ha acabado su colegio; pero para que mi obra no quede incompleta, voy a dejarla en él como profesora, y así ayudará a su madre a llevar los gastos de la casa, y le hemos tomado ya a doña Andrea una casita mejor, cerca del Instituto. Yo espero—añadió la señora gravemente, y como si las estrellas no estuviesen brillando en el cielo—, que Sol será una buena maestra. Yo, Lucía, no podré llevarla a todas partes, porque ya he dejado de ser joven, y los cuidados del colegio me lo impiden; pero quiero que tú hagas mis veces, y ya lo sabes—dijo con una ligera emoción en la voz dando un beso en la mejilla de Lucía—, cuídamela. Que sientan que el que no pueda llegar hasta ti, no puede llegar hasta ella. Cuando haya una fiesta, llévala. Ella se vestirá siempre linda, porque yo la he enseñado a hacérselo todo y es maestra en coser. Convídala a tu casa, para que nadie tenga reparo en convidarla a la suya: que el que entra en tu casa puede entrar en todas partes. Sol es tan bonita como agradecida.

—Sí, sí, señora—interrumpió Lucía que en sus mejillas propias estaba sintiendo la palidez de las de Sol—. Yo la llevaré conmigo. Yo sí, yo sí, ahora mismo la presentaré a todas mis amigas. Iremos juntas la Semana Santa. No me digas que no, Sol. Iremos al teatro siempre juntas.

Y el cariño le iba creciendo con las palabras, que decía amontonadamente, como si tuviese prisa por olvidarse de algo, o quisiese vengarse de sí misma.

—Bueno, vamos entonces, que yo veo que la gente curiosea porque estamos cuchicheando tanto tiempo. Vamos.

Sol no hablaba. Lucía, como que quería defenderla de la directora, que entraba ya en el salón con su paso pomposo.

—Enseguida, señora, enseguida. Entre usted y detrás vamos nosotras. Voy a coger dos rosas de esta enredadera: esta para Sol—y se la prendió con mucha ternura, mirándola amorosamente en los ojos—; esta, que es la menos bonita, para mí.

—¡Oh, usted es tan buena!

—¿Usted? No, Sol, yo soy tu hermana. No hagas caso de lo que dice la directora. Yo te querré siempre como una hermana—y abrió los brazos, y apretó en ellos a Sol, a la que llevaba sin miedo, prestísimamente.

—¡Oh!—dijo Sol de pronto ahogando un grito. Y se llevó la mano al seno, y la sacó con la punta de los dedos roja. Era que al abrazarla Lucía, se le clavó en el seno una espina de la rosa.

Con su propio pañuelo secó Lucía la sangre, y de brazo las dos entraron en la sala. Lucía también estaba hermosa.

***

—¿Cómo entenderte, Lucía?—decía Juan a su prima unos quince días después de la noche de la fiesta, con una intención severa en las palabras que él con Lucía nunca había usado—. Desde hace unos quince días, espera, creo que me acuerdo, desde la noche de Keleffy, te encuentro tan injusta, que a veces, creo que no me quieres.

—¡Juan! ¡Juan!

—Bueno, Lucía: tú sí me quieres. Pero ¿qué te hago yo que explique esas durezas tuyas de carácter, para mí que vengo a ti como viene el sediento a un vaso de ternuras? Más cariño no puedes desear. Pensar, yo sí pienso en todo lo más difícil y atrevido; pero querer, Lucía, yo no quiero más que a ti. Yo he vivido poco; pero tengo miedo de vivir y sé lo que es, porque veo a los vivos. Me parece que todos están manchados, y en cuanto alcanzan a ver un hombre puro empiezan a correrle detrás para llenarle la túnica de manchas. La verdad es que yo, que quiero mucho a los hombres, vivo huyendo de ellos. Siento a veces una melancolía dolorosa. ¿Qué me falta? La fortuna me ha tratado bien. Mis padres me viven. Me es permitido ser bueno. Y además, te tengo—le dijo tomándola, cariñosamente de la mano que Lucía le abandonó como apenada y absorta.

—Te tengo, y de ti me vienen, y en ti busco, las fuerzas frescas que necesito para que el corazón no se me espante y debilite. Cada vez que me asomo a los hombres, me echo atrás como si viera un abismo; pero de cada vez que vengo a verte, saco un brío para batallar y un poder de perdón que hacen que nada me parezca difícil para que yo lo acometa. No te rías, Lucía; pero es la verdad. ¿Tú has leído unos versos de Longfellow que se llaman «Excelsior»? Un joven, en una tempestad de nieve, sube por un puerto pobre, montaña arriba, con una bandera en la mano que dice: «Excelsior». No te sonrías: yo sé que sabes tú latín: «¡Más alto!». Un anciano le dice que no vaya adelante, que el torrente ruge abajo y la tempestad ¡se viene encima: «¡Más alto!». Una joven linda, ¡no tan linda como tú!, le dice: «Descansa la cabeza fatigada en mi seno». Y al joven se le humedecen los ojos azules, pero aparta de sí a la enamorada y le dice: «¡Más alto!».

—¡Ah no! pero tú no me apartarás a mí de ti. Yo te quito la bandera de las manos. Tú te quedas conmigo. ¡Yo soy lo más alto!

—No, Lucía: los dos juntos llevaremos la bandera. Yo te tomo para todo el viaje. Mira que, como soy bueno, no voy a ser feliz. ¡No te me canses!—y le besó la mano.

Lucía le acariciaba con los ojos la cabeza.

—Y el joven al fin siguió adelante: y los monjes lo hallaron muerto al día siguiente, medio sepultado en la nieve; pero con la mano asida a la bandera, que decía: «¡Más alto!». Pues bien, Lucía: cuando no te me pones majadera, cuando no me haces lo que ayer, que me miraste de frente como con odio y te burlaste de mí y de mi bondad, y sin saberlo llegaste hasta dudar de mi honradez, cuando no te me vuelves loca como ayer, me parece cuando salgo de aquí, que me brilla en las manos la bandera. Y veo a todo el mundo pequeño, y a mí como un gigante dichoso. Y siento mayor necesidad, una vehemente necesidad de amar y perdonar a todo el mundo. En la mujer, Lucía, como que es la hermosura mayor que se conoce, creemos los poetas hallar como un perfume natural todas las excelencias del espíritu; por eso los poetas se apegan con tal ardor a las mujeres a quienes aman, sobre todo a la primera a quien quieren de veras, que no es casi nunca la primera a quien han creído querer, por eso cuando creen que algún acto pueril o inconsiderado las desfigura, o imaginan ellos alguna frivolidad o impureza, se ponen fuera de sí, y sienten unos dolores mortales, y tratan a su amante con la indignación con que se trata a los ladrones y a los traidores, porque como en su mente las hicieran depositarias de todas las grandezas y claridades que apetecen, cuando creen ver que no las tienen, les parece que han estado usurpándoles y engañándoles con maldad refinada, y creen que se derrumban como un monte roto, por la tierra, y mueren aunque sigan viviendo, abrazados a las hojas caídas de su rosa blanca. Los poetas de raza mueren. Los poetas segundones, los tenientes y alféreces; de la poesía, los poetas falsificados, siguen su camino por el mundo besando en venganza cuantos labios se les ofrecen, con los suyos, rojos y húmedos en lo que se ve, ¡pero en lo que no se ve tintos de veneno! Vamos, Lucía, me estás poniendo hoy muy hablador. Tú ves, no lo puedo evitar. Si me oyeran otras gentes, dirían que era un pedante. Tú no lo dices, ¿verdad? Es que en cuanto estoy algún tiempo cerca de ti, de ti que nadie ha manchado, de ti en quien nadie ha puesto los labios impuros, de ti en quien mido yo como la carne de todas mis ideas y como una almohada de estrellas donde reclino, cuando nadie me ve, la cabeza cansada, estas cosas extrañas, Lucía, me vienen a los labios tan naturalmente que lo falso sería no recordarlas.

Por fuera me suelen acusar de que soy rebuscado y exagerado, y tú habrás notado que ya yo hablo muy poco. ¿Qué culpa tengo yo de que sea así mi naturaleza, y de que al influjo de tu cariño enseñe todas sus flores?

Y le besó las dos manos, como pudiera un niño haber besado dos tórtolas.

Así, aunque no parezca cierto, suelen hablar y sentir algunos seres «vivos y efectivos», como dicen las lápidas de los nichos en que están enterrados los oficiales militares muertos en el servicio de la corona española. Así exactamente, y sin quitar ni poner ápice, era como sentía y hablaba Juan Jerez.

✳✳✳

—Tú me perdonas, Juan—dijo Lucía antes de que hubieran pasado algunos momentos, bajos los ojos y la voz, como pecador contrito que pide humildemente la absolución de su pecado—. Juan yo no sé que es, ni sé para qué te quiero, aunque si sé que te quiero por lo mismo que vivo, y que si no te quisiera no viviría. Y mira, Juan, te miento; ahora mismo te estoy mintiendo, yo creo que no sé por qué te quiero, pero debo saberlo muy bien, sin notarlo yo, porque sé por qué pueden quererte los demás. Y como si te conocen, han de quererte como yo te quiero, ¡no me regañes Juan! ¡yo no quisiera que tú conocieses a nadie! ¡Yo te querría mudo, yo te querría ciego: así no me verías más que a mí, que le cerraría el paso a todo el mundo, y estaría siempre ahí, y como dentro de ti, a tus pies donde quisiera estar ahora! ¿Tú me perdonas, Juan? Luego, yo no soy soberbia, y no creo que yo solo soy hermosa: ¡tú dices que yo soy hermosa! yo sé que fuera de mí hay muchas cosas y muchas personas bellas y grandes; yo sé que no están en mí todas las hermosuras de la tierra, y como a ti te caben en el alma todas, y eres tan bueno que te he visto recoger las flores pisadas en las calles y ponerlas con mucho cuidado donde nadie las pise, creo, Juan, que yo no te basto, que cualquier cosa o persona hermosa, te gustaría tanto como yo, y odio un libro si lo lees, y un amigo si lo vas a ver, y una mujer si dicen que es bella y puedes verla tú. Quisiera reunir yo en mí misma todas las bellezas del mundo, y que nadie más que yo tuviera hermosura alguna sobre la tierra. Porque te quiero, Juan, lo odio todo. Y yo no soy mala, Juan; yo me avergüenzo de eso, y luego me entran remordimientos, y besaría los pies de los que un momento antes quería no ver vivos, y de mi sangre les daría para que viviesen si se muriesen; ¡pero hay instantes, Juan, en que odio a todas las cosas, a todos los hombres y a todas las mujeres! ¡Oh, a todas las mujeres! Cuando no estás a mi lado, y pienso en alguien que pueda agradar tus ojos u ocupar tu pensamiento, creémelo, Juan; ¡ni sé lo que veo, ni sé qué es lo que me posee, pero me das horror, Juan y te aborrezco entonces, y odio tus mismas cualidades, y te las echo en cara, como ayer, para ver si llegas tú a odiarlas, y a no ser tan bueno, y si así no te quieren! Eso es, Juan, no es más que eso. A veces, y te lo diré a ti solo, sufro tanto que me tiendo en el suelo en mi cuarto, cuando no me ven, como una muerta. Necesito sentir en las sienes mucho tiempo el frío del mármol. Me levanto, como si estuviera por dentro toda despedazada. Me muero de una envidia enorme por todo lo que tú puedas querer y lo que pueda quererte. Yo no sé si eso es malo, Juan: ¿tú me perdonas?

La magnolia, nuestra antigua conocida oyó, a las últimas luces de la tarde, el final de esta conversación congojosa.

***

Lindo es el montecito que domina por el Este a la ciudad, donde a brazo partido lucharon antaño, macana contra lanza y carne contra hierro, el jefe de los indios y el jefe de los castellanos, y de barranco en barranco abrazados, matándose y admirándose iban cayendo, hasta que al fin, ya exhausto, e hiriéndose con su propia macana la cabeza, cayó el indio a los pies del español, que se levantó la visera, dejando ver el rostro bañado en sangre, y besó al indio muerto en la mano. Luego, como que era recio de subir, le escogieron para sus penitencias los devotos, y es fama que por su falda pedregosa subían de rodillas en lo más fuerte del sol, los penitentes, contando el rosario.

Vinieron gentes nuevas, y como que el monte es corto y de forma bella, y desde él se ve a la ciudad, con sus casas bajas, de patios de arbolado, como una gran cesta de esmeraldas y ópalos, limpiaron de piedras y yerbajos la tierra que, bien abonada, no resultó ingrata; y de la mejor parte del monte hicieron un jardín que entre los pueblos de América no tiene rival, puesto que no es uno de esos jardinuelos de flores enclenques, y arbustos podados, con trocitos de césped entre enverjados de alambre, que más que cosa alguna dan idea de esclavitud y artificio, y de los que con desagrado se aparta la gente buena y discreta; sino uno como bosque de nuestras tierras, con nuestras propias y grandes flores y nuestros árboles frutales, dispuestos con tal arte que están allí con gracia y abandono, y en grupos irregulares y como poco cuidados, de tal manera que no parece que aquellos bambúes, plátanos y naranjos han sido llevados allí por las manos de jardinero, ni aquellos lirios de agua, puestos como en montón que bordan el estrecho arroyo cargado de aguas secas, fueron allí trasplantados como en realidad fueron: antes bien, parece que todo aquello floreció allí de suyo y con libre albedrío, de modo que allí el alma se goza y comunica sin temor, y no bien hay en la ciudad una persona feliz, ya necesita ir a decírselo al montecito que nunca se ve solo, ni de día ni de noche.

Por allí, en la tarde en que vamos caminando, halló Pedro Real razón para encontrarse a caballo, el cual dejó en la cumbre, mientras que, golpeándose con el latiguillo los botines, se perdía, sin recordar el cuadro de Ana, por la calle de los lirios. Por allí, y sin saber por cierto que Pedro andaba cerca, acababa Adela, con tres amigas suyas, que estrenaban unos sombreros de paja crema adornados con lilas, de bajar del carruaje, que en la cumbre, con los caballos, esperaba. Por allí, sin que lo supiese Adela tampoco, aunque sí lo sabía Pedro, andaban lentamente, con las dos niñas menores, Sol y doña Andrea: doña Andrea, que desde que el colegio le devolvió a su Sol y podía a su sabor recrear los ojos, con cierto pesar de verle el alma un poco blanda y perezosa, en aquella niña suya de «cutis tan trasparente—decía ella—como una nube que vi una vez, en París, en un medio punto de Murillo», andaba siempre hablando consigo en voz baja, como si rezase; y otras regañaba por todo, ella que no regañaba antes jamás, pues lo que quería en realidad, sin atreverse, era regañar a Sol, de quien se encendía en celos y en miedos, cada vez que oía preparativos de fiesta o de paseo, que por cierto no eran muchos, pero sobrados ya para que temiese con justicia doña Andrea por su tesoro. Ni con el mayor bienestar que con el sueldo de Sol en el colegio había entrado en la casa, se contentaba doña Andrea; y a veces se dio la gran injusticia de que aquella hermosura que ella tanto mimaba, y que desde la infancia de la niña cuidaba ella y favorecía, se la echase en cara como un pecado, que le llevó un día a prorrumpir en este curiosísimo despropósito, que a algunas personas pareció tan gracioso como cuerdo: «Si Manuel viviera, tú no serías tan hermosa». Enojábase, doña Andrea, cuando oía, allá por la hora en que Sol volvía con una criada anciana del colegio, la pisada atrevida del caballo de cierto caballero que ella muy especialmente aborrecía; y si Sol hubiese mostrado, que nunca lo mostró, deseos de ver la arrogante cabalgadura, fuera de una vez que se asomó sonriendo y no descontenta, a verla pasar detrás de sus persianas, es seguro que por allí hubieran encontrado salida las amarguras de doña Andrea, que miraba a aquel gallardísimo galán, a Pedro Real, como a abominable enemigo. Ni a galán alguno hubiera soportado doña Andrea, cuyos pesares aumentaba la certidumbre de que aquel que ella hubiera querido por tenerlo muy en el alma, que poseyese a su Sol, no sería de Sol nunca, por lo alto que estaba, y porque era ya de otra. Mas aquella mansísima señora se estremecía cuando pensaba que, por parecer proporcionados en la gran hermosura externa, pudiesen algún día acercarse en amores aquel catador de labios encendidos y aquella copa de vino nuevo. Sentía fuerzas viriles doña Andrea, y determinación de emplearlas, cada vez que el caballo de Pedro Real piafaba sobre los adoquines de la calle. ¡Como si los cuerpos enseñasen el alma que llevan dentro! Una vez, en una habitación recamada de nácar, se encontró refugiado a un bandido. Da horror asomarse a muchos hombres inteligentes y bellos. Se sale huyendo, como de una madriguera. Y ya se sabía por toda la ciudad, con envidia de muchas locuelas, que tras de Sol del Valle había echado Pedro Real todos sus deseos, sus ojos melodiosos, su varonil figura, sus caballos caracoleadores, sus ímpetus de enamorado de leyenda. Y lo despótico de la afición se le conocía en que, bruscamente, y como si no hubiera estado perturbando con vislumbres de amor sus almas nuevas, cesó de decir gallardías, a afectar desdenes a aquellas que más de cerca le tuvieron desde su llegada de París, ya porque de público se las señalase como las conquistas más apetecidas, ya porque lo picante de su trato le diese fácil ocasión para aquellas conversaciones salpimentadas que son muy de uso entre aquellos de nuestros caballeros jóvenes que han visto tierras, y suplen con lo atrevido del discurso la escasez de la gracia y el intelecto. La conversación con las damas ha de ser de plata fina, y trabajada en filigrana leve, como la trabajan en Génova y México.

En ser visto donde Sol del Valle había de verlo, ponía Pedro Real el mayor cuidado; en que no se la viera sin que se le viese a él; si al teatro, bajo el palco a que fue Sol, que fue el de la directora, y no más que dos veces, estaba la luneta de Pedro; si en Semana Santa, por donde Sol iba con Lucía y Adela, Pedro, sin piedad por Adela, aparecía. Decirle, nada le había dicho. Ni escribirle. Ni nadie afectaba, al saludarla en público, encogimiento y moderación mayores. Y parecía más arrogante, porque no iba tan pulido. Ni le decía, ni le escribía; pero quería llenarle el aire de él. A la salida del teatro, la segunda noche que fue a él Sol, ofrecía un pequeñuelo de sombrero de pita y pies descalzos un ramo de camelias color de rosa, que eran allí muy apreciadas y caras. Y en el punto en que salió Sol, y con rapidez tal que pareció a todos cosa artística, tomó el ramo Pedro Real, lo deshizo de modo que las camelias cayeron al suelo, casi a los pies de Sol, y dijo, como si no quisiera ser oído más que del amigo que tenía al lado: «Puesto que no es de quien debe ser, que no sea de nadie». Y como la fantasía que la hermosura de Sol arrancó a Keleffy era ya a manera de leyenda en la ciudad, Pedro Real, con tacto y profundidad mayores de los que pudieran suponérsele, compró, para que nadie volviese a tocar en él, el piano en que habían tocado aquella noche Sol y Keleffy.

***

Sonaban por la ciudad alegremente las chirimías, los pífanos y los tambores. Los balcones de la calle de la Victoria eran cestos de rosas, con todas las damas y niñas de la ciudad asomadas a ellos. Por cada bocacalle entraba en la de la Victoria, con su banda de tamborines a la cabeza, una compañía de milicianos. Unos llevaban pantalón blanco de dril, con casaquín de lana perla, cruzado el pecho de anchas correas blancas, con asta plateada. Otros iban de blanco y rojo, blanco el pantalón, la casaca roja. Iban otros más de ciudadanos, y aunque menos brillantes, más viriles: llevaban un pantalón de azul oscuro y uno como gabán corto y justo, cerrado con doble hilera de botones de oro por delante: el sombrero era de fieltro negro de alas anchas, con un delgado cordón de oro, que caía con dos bellotas a la espalda. En las esquinas iban las compañías tomando puesto. ¡Qué conmovedoras las banderas rotas! ¡Qué arrogantes, y como sacerdotes, los que las llevaban! Parecían altos aunque no lo fueran. No parecían bien, cerca de aquellos pabellones desgarrados, los banderines de seda y flores de oro en que con letras de realce iban bordados los números de las compañías. ¡Qué correr desalados, el de los muchachos por las calles! Verdad que hasta los hombres mayores, periódico en mano y bastón al aire, corrían. A algunos, se les saltaban las lágrimas. Parecía como que de adentro empujaba alguien a las gentes. Cuando una banda sonaba a distancia, como si estuviera yéndose, los muchachos, aun los más crecidos, corrían tras ella, con la cara angustiada, como si se les fuera la vida. Y los más pequeños, cruzando de un lado para otro, mirados desde los balcones, parecían los granos sueltos de un racimo de uvas. Las nueve serían de la mañana, y el cielo estaba alegre, como si le pareciese bien lo que sucedía en la tierra. Era el día del año señalado para llevar flores a las tumbas de los soldados muertos en defensa de la independencia de la patria. Entre compañía y compañía, iban carros enormes en la procesión, tirados por caballos blancos, y henchidos de tiestos de flores. Allá en el cementerio había, sobre cada tumba, clavada una bandera.

¿Qué caballerín, de los elegantes de la ciudad, no estaba aquella mañana, con un ramo de flores en el ojal, saludando a las damas y niñas desde su caballo? Los estudiantes, no, esos no estaban por las calles, aunque en los balcones tenían a sus hermanas y a sus novias: los estudiantes estaban en la procesión, vestidos de negro, y entre admirados y envidiosos de los muertos a quienes iban a visitar, porque estos, al fin, ya habían muerto en defensa de su patria, pero ellos todavía no: y saludaban a sus hermanas y novias en los balcones, como si se despidieran de ellas. Los estudiantes fueron en masa a honrar a los muertos. Los estudiantes que son el baluarte de la Libertad, y su ejército más firme. Las universidades parecen inútiles, pero de allí salen los mártires y los apóstoles. Y en aquella ciudad ¿quién no sabía que cuando había una libertad en peligro, un periódico en amenaza, una urna de sufragio en riesgo, los estudiantes se reunían, vestidos como para fiesta, y descubiertas las cabezas y cogidos del brazo, se iban por las calles pidiendo justicia; o daban tinta a las prensas en un sótano, e imprimían lo que no podían decir; se reunían en la antigua Alameda, cuando en las cátedras querían quebrarles los maestros el decoro, y de un tronco hacían silla para el mejor de entre ellos, que nombraban catedrático, y al amor de los árboles, por entre cuyas ramas parecía el cielo como un sutil bordado, sentado sobre los libros decía con gran entusiasmo sus lecciones; o en silencio, y desafiando la muerte, pálidos como ángeles, juntos como hermanos, entraban por la calle que iba a la casa pública en que habían de depositar sus votos, una vez que el Gobierno no quería que votaran más que sus secuaces, y fueron cayendo uno a uno, sin echarse atrás, los unos sobre los otros, atravesados pechos y cabezas por las balas, que en descargas nutridas desataban sobre ellos los soldados? Aquel día quedó en salvo por maravilla Juan Jerez, porque un tío de Pedro Real desvió el fusil de un soldado que le apuntaba. Por eso, cuando los estudiantes pasaban en la procesión, vestidos de negro, con una flor amarilla en el ojal, los pañuelos de todos los balcones soltábanse al viento, y los hombres se quitaban los sombreros en la calle, como cuando pasaban las banderas; y solían las niñas desprenderse del pecho, y echar sobre los estudiantes, sus ramos de rosas.

En un balcón, con sus dos hermanas mayores y la directora, estaba Sol del Valle. En otro, con un vestido que la hacía parecer como una imagen de plata, una linda imagen pagana, estaba Adela. Más allá, donde Sol y Adela podían verlas, ocupaba un ancho balcón, amparado del sol por un toldo de lona, Lucía con varias personas de la familia de su madre, y Ana. En una silla de manos habían traído a Ana hasta la casa. Muy mala estaba, sin que ella misma lo supiese bien; estaba muy mala. Pero ella quería ver, «con su derecho de artista, aquella fiesta de los colores; a la tierra

le faltaba ahora color, ¿verdad, Juan? Mira, si no, como
todo el mundo se viste de negro. Quiero oír música, Lucía: quiero oír mucha música. Quiero ver las banderas al
viento». Y allí estaba en el ancho balcón, vestida de blanco,
muy abrigada, como si hubiese mucho frío, mirando ava-
riciosamente, como si temiera no volver a ver lo que veía, y
sintiendo como dentro del pecho, porque no se las viesen,
le estaban cayendo las lágrimas.

Lucía distinguió a Sol, y miró si estaba en el balcón, o
dentro, Juan Jerez. Sol, no bien vio a Lucía, no quitó de
ella los ojos, para que supiese que estaba allí, y cuando le
pareció que Lucía la estaba viendo, la saludó cariñosamente con la mano, a la vez que con la sonrisa y con los ojos.
Prefería ella que Lucía la mirase, a que la miraran los jóvenes mejor conocidos en la ciudad, que siempre hallaban
manera de detenerse más de lo natural frente a su balcón. A
Pedro Real, pagó con un movimiento de cabeza, su humilde saludo, cuando pasó a caballo; y no lo vio con pena, ni
con afecto que debiera afligir a doña Andrea, todo lo cual
vio Adela desde su balcón, aunque estaba de espaldas. Pero
Lucía se había entrado por el alma de Sol, desde la noche
en que le pareció sentir goce cuando se clavó en su seno la
espina de la rosa. Lucía, ardiente y despótica, sumisa a veces como una enamorada, rígida y frenética enseguida sin
causa aparente, y bella entonces como una rosa roja, ejer-
cía, por lo mismo que no lo deseaba, un poderoso influjo
en el espíritu de Sol, tímido y nuevo. Era Sol como para
que la llevasen en la vida de la mano, más preparada por
la Naturaleza para que la quisiesen que para querer, feliz
por ver que lo eran los que tenía cerca de sí, pero no por
especial generosidad, sino por cierta incapacidad suya de
ser ni muy venturosa ni muy desdichada. Tenía el encanto

de las rosas blancas. Un dueño le era preciso, y Lucía fue su dueña.

Lucía había ido a verla; a buscarla en su coche para que paseasen juntas; a que fuese a su casa a que la conociera Ana; y Ana la quiso retratar; pero Lucía no quiso «porque ahora Ana estaba fatigada, y la retrataría cuando estuviese más fuerte», lo que, puesto que Lucía lo decía, no pareció mal a Sol. Lucía fue a vestirla una de las noches que iba Sol al teatro, y no fue ella: ¿por qué no iría ella? Juan Jerez tampoco fue esa noche; y por cierto que esa vez Lucía le llevó, para que lo luciese, un collar de perlas: «A mí no me lo conocen, Sol: yo nunca me pongo perlas»; pero doña Andrea, que ya había comenzado a dar muestras de una brusquedad y entereza desusadas, tomó a Lucía por las dos manos con que estaba ofreciendo el collar a Sol, que no veía mucho pecado en llevarlo, y mirando a la amiga de su hija en los ojos, y apretando sus manos con cariño a la vez que con firmeza, le dijo con acento que dejaba pocas dudas: «No, mi niña, no», lo que Lucía entendió muy bien, y quedó como olvidado el collar de perlas. A la mañana siguiente, a la hora de que Sol fuese a sus clases, fue Lucía a buscarla para que diesen una vuelta en el coche por cerca del colegio, y le preguntó con ahínco sobresaltado y doloroso, que a quién vio, que quién subió a su palco, que a quién llamó la atención, que dónde estaba Pedro Real: «¡Oh! Pedro Real, tan buen mozo; ¿no te gusta Pedro Real? Yo creo que Pedro Real llamaría la atención en todas partes. Has visto cómo desde que te conoce no se ocupa de nadie Pedro Real»; pero pronto acabó de hablar de esto Lucía. Quién estaba en el teatro, no le importaba mucho saberlo: Juan no había estado; pero ¿a la salida quién estaba? ¿no recuerdas quién estaba a la salida? ¿Estaba...? y no acababa de preguntar quién había estado. Ni sabía Sol por quién le preguntaba. No: Sol no había visto a nadie. Iba muy contenta. La directora la había tratado con mucho cariño. Sí, Pedro Real había estado; pero no a saludarla: nadie había subido a saludarla. La habían mirado mucho. Decían que el cónsul francés había dicho una cosa muy bonita de ella. Pero al salir, no, no vio a nadie. Sol quería llegar pronto, porque se había quedado triste doña Andrea. Y al llegar en esta conversación al colegio, Lucía besó a Sol con tanta frialdad, que la niña se detuvo un momento mirándola con ojos dolorosos, que no apearon el ceño de su amiga. Y de pronto, por muchos días, cesó Lucía de verla. Sol se había afligido, y doña Andrea no; aunque la ponía orgullosa que le quisiesen a su hija; pero Lucía no: ella no veía nunca con gusto a Lucía. Un día antes de la procesión Lucía había vuelto a la casa de Sol. Que la perdonase. Que Ana estaba muy sola. Que Sol estaba más linda que nunca. «Mira, mañana te mandaré la camelia más linda que tenga en casa. Yo no te digo que vengas a mi balcón, porque.... Yo sé que tú vas al balcón de la directora. Pero mira, vas a estar lindísima; ponte la camelia en la cabeza, a la derecha, para que yo pueda vértela desde mi balcón». Y le tomó las manos, y se las besó; y conforme conversaba con Sol, se pasaba suavemente la mano de ella por su mejilla; y cuando le dijo adiós, la miraba como si supiera que corría algún peligro, y le avisase de él, y cuando fue hacia el coche, ya se le iban desbordando las lágrimas.

—¡Allí está, allí está!—dijo como involuntariamente, y reprimiéndose enseguida que lo había dicho, una de las hermanas de Sol, la mayor, la que no era bella, la que no tenía más que dos ojos muy negros y acariciadores, expresivos y dulces como los de la llama, el animal que muere cuando le hablan con rudeza.

—¿Quién?

—No, no era nadie: Juan Jerez, en el balcón de Lucía.

—Sí, ya lo veo. Lucía está mirando para acá—y se desprendió, y volvió a prender, para que Lucía lo notase, y supiera que pensaba en ella—. Hermanita—dijo de pronto Sol en voz baja—; hermanita, ¿no te parece que Juan Jerez es muy bueno? Yo quisiera verlo más. Nunca lo he visto cuando he ido a casa de Lucía. Yo no sé qué tiene, pero me parece mejor que todos los demás. ¿Tú crees que él querrá mucho a Lucía?

Hermanita no quería decir nada, hacía como que no oía.

—Juan Jerez iba antes algunas veces a casa, antes de que yo saliese del colegio; ¿verdad? Cuéntame, tú que lo conoces. Yo sé que él se va a casar con Lucía, aunque ella no me habla de él nunca; pero a mí me gusta hablar de él. A Lucía no me atrevo a preguntarle, como ella no me dice... Él ha sido muy bueno con mamá, ¿no? ¡La directora lo quiere tanto! Mira, allí vuelve a pasar Pedro Real: ¡es buen mozo de veras! pero yo le hallo unos ojos extraños, no son tan dulces como los de Juan. No sé; pero el único que me dijo algo la noche de Keleffy, que no se me ha olvidado, fue Juan Jerez.

Hermanita no decía palabra. Se le habían puesto los ojos muy negros y grandes como para contener algo que se salía a ellos.

Ella, que no miraba hacia el balcón, sentía que Juan Jerez había tenido puesta buen tiempo su mirada larga y bondadosa en Sol. Juan, que acariciaba los mármoles, que seguía por las calles a los niños descalzos hasta que sabía donde vivían, que levantaba del suelo las flores pisadas, si no lo veían, y les peinaba los pétalos, y las ponía donde no pudiesen pisarlas más. De la misma manera, y con aquel deleite honrado que produce en un espíritu fino la contemplación de la hermosura, había Juan mirado a Sol largamente.

Lucía no estaba allí entonces. ¡Pobre Ana! Cuando ya iban pasando los últimos soldados, palideció, se le cubrió el rostro de sudor, cerró los ojos, y cayó sobre sus rodillas. La llevaron cargada para adentro, a volverle el sentido. Parecía una santa, vestida de blanco, con su cara amarilla. Lucía no se apartaba de su lado; Ana había vuelto en sí; Lucía había mirado ya muchas veces a la puerta, como preguntándose dónde estaría Juan. «¿En el balcón? ¡Que no esté en el balcón!». Y aun desmayada Ana, por poco no le abandona la mano.

—¡Vete, vete con Juan!—le dijo Ana, apenas abrió los ojos, y le notó el trastorno; y con la mano y la sonrisa la echaba hacia la puerta suavemente.

—Bueno, bueno, vengo enseguida.

Y fue al balcón derechamente.

—¡Juan!

—¿Y Ana? ¿Cómo está Ana?

El balcón de la directora estaba ya vacío.

—Ya está bien: ya está bien. ¡Yo no sabía dónde tú estabas!

***

Y volvemos ahora al pie de la magnolia, cuando ya llevaba días de sucedido todo esto, y Sol estaba en una banqueta a los pies de Lucía, sentada en un sillón de hierro. Ana, con sus caprichos de madre, había querido que le llevasen aquel domingo a Sol. «¡Es tan buena, Lucía! Tú no tienes que tenerle miedo: tú también eres hermosa. Mira: yo veo a las personas hermosas como si fueran sagradas. Cuando son malas no: me parecen vasos japoneses llenos de fango;

81

pero mientras son buenas, no te rías, me parece, cuando estoy delante de ellas, que soy un monaguillo y que le estoy alzando la cogulla, como en la misa, a un sacerdote. Vamos, tráeme a Sol; ¿pero es de veras que Juan no viene hoy?».

—¡Es de veras! Sí, sí; ahora mismo voy, y te traigo a Sol.

Sol vino, y otras amigas de Ana, mas no Adela. Vivía ya Ana en un sillón de enfermo, porque andar le era penoso, y reclinarse no podía. Ya, como las tardes cuando se está yendo la luz, tenía el rostro a la vez claro y confuso, y todo él como bañado de una dulce bondad. Ni deseos tenía, porque de la tierra deseó poco mientras estuvo en ella, y lo que Ana le hubiera pedido a la tierra, de seguro que en ella no estaba, y tal vez estaría fuera de ella. Ni sentía Ana la muerte, porque no le parecía a ella que fuese muerte aquello que dentro de sí sentía crecientemente, y era como una ascensión. Cosas muy lindas debía ver, conforme se iba muriendo, sin saber que las veía, porque se le reflejaban en el rostro. La frente la tenía como de cera, alta y bruñida, y hundidas las paredes de las sienes. Aquellos ojos eran una plegaria. Tenía fina la nariz, como una línea. Los labios violados y secos, eran como una fuente de perdón. No decía sino caridades. Sola, sí, no quería estar ella. Tampoco se quiere estar solo cuando se va a entrar en un viaje: tampoco, cuando se está en las cercanías de la boda. Es lo desconocido, y se le teme. Se busca la compañía de los que nos aman. Y más que con otras se había encariñado Ana, en su enfermedad, con Sol, cuya perfecta hermosura lo era más, si cabe, por aquel inocente abandono que de todo interés y pensamiento de sí tenía la niña. Y Ana estaba mejor cuando tenía a Sol cogida de la mano, en cuyas horas Lucía, sentada cerca de ellas, era buena.

Dormía Ana en aquellos momentos, cuando en el patio hablaban Lucía y Sol. Hablaban del colegio, que había dado su examen en aquella semana, y dejaba a Sol libre durante dos meses: y a Sol no le gustaba mucho enseñar, no, «pero sí me gusta: ¿no ves que así no pasa mamá apuros? ¡Mamá!». Y Sol contaba a Lucía, sin ver que a esta al oírlo se le arrugaba el ceño, cómo inquietaban a doña Andrea los cuidados de Pedro Real, de que no hablaba la señora, porque la niña no se fijase más en él; pero ella no, ella no pensaba en eso.

—No, ¿por qué no?

—No sé: yo no pienso todavía en eso; me gusta, sí, me gusta verle pasear la calle y cuidarse de mí; pero más me gusta venir acá, o que tú vayas a verme, y estar con Ana y contigo. Luego, Pedro Real me da miedo. Cuando me mira, no me parece que me quiere a mí. Yo no sé explicarlo, pero es como si quisiera en mí otra cosa que no soy yo misma. Porque a mí me parece, ¡anda, Lucía, tú puedes decirme de eso! a mí me parece que cuando un hombre nos quiere, debemos como vernos en sus ojos, así como si estuviéramos en ellos, y dos veces que he visto de cerca a Pedro Real, pues no me ha parecido encontrarme en sus ojos. ¿No es, verdad, Lucía, que cuando a uno lo quieren le sucede a uno eso?

En la mano de Lucía se encogió de pronto el cabello de Sol con que jugaba.

—¡Ay! me haces daño.

—¿Quieres que vayamos a ver cómo está Ana?

Y ya se estaba poniendo en pie para ir a verla, y arreglándose Sol los cabellos, aquellos cabellos suyos finos, de color castaño con reflejos dorados, cuando a un tiempo se oyeron dos diversos ruidos: uno en el cuarto de Ana, como de mucha gente que se moviera y hablara agitadamente, otro a la puerta de la calle, donde, con aire desembarazado, saltaba un hombre opuesto, de una mula de camino.

—¡Juan!—murmuró Lucía, poniéndose más blanca que las camelias.

—¿Juan Jerez?—dijo Sol alegrándosele el rostro, y acabando apresuradamente de sujetarse las trenzas.

Lucía, en pie y ceñuda, y con los ojos puestos sobre Sol, a quien turbaba aquel silencio, aguardó apoyada en la silla de hierro, a Juan que, reparando apenas en Sol, venía hacia su prima con las manos tendidas.

—Señorita Sol, ¿qué me le ha hecho a mi Lucía? ¿Por qué no sales a recibirme? ¿para castigarme porque por verte hoy he andado veintidós leguas en mula?

A Lucía se le veían temblar los labios imperceptiblemente, y como crecer los ojos. Su mano se sacudía entre las de Juan, que la miraba con asombro.

Sol hacía como que sobre una mesita un poco alejada arreglaba las flores de un vaso.

—Lucía, ¿qué tienes?

—¡Sol, Lucía, vengan!—dijo acercándose a ellas una de sus amigas que salía del cuarto de Ana precipitadamente—. Ah, Juan, que bueno que esté aquí. Ve, Lucía, ve, yo creo que Ana se muere.

—¡Ana!

—Sí, mande enseguida por el médico.

Saltó Juan en la mula, y echó a escape. Sol ya estaba al lado de Ana, Lucía miró muy despacio a la puerta de la calle, miró con ira a aquella por donde había entrado Sol, y se quedó unos momentos de pie, sola en el patio, los dos brazos caídos, y apretados a los costados, fijos los ojos delante de sí tenazmente. Y echó a andar hacia el cuarto de Ana después de haber mirado a su alrededor a todos los lados, como si temiese.

***

¡Al campo! ¡al campo! Todos van al campo. Todos, sí, todos. Adela y Pedro Real, Lucía y Juan, y Ana y Sol. Y, por supuesto, las personas mayores que por no influir directamente en los sucesos de esta narración no figuran en ella. ¡Al campo todos!

El médico llegó aquel domingo en momentos en que Ana abría los ojos, que a Sol arrodillada al borde de su cama fue lo primero que vieron.

—¡Ah, tú, Sol!—y Sol le pasaba la mano por la frente, y le apartaba de ella los cabellos húmedos.

Lucía arreglaba las almohadas de manera que Ana pudiera estar como sentada. Sus amigas todas rodeaban la cama, y Ana, sin fuerzas aun para hablar, les pagaba sus miradas de angustia con otras de reconocimiento. Parecía que era dichosa. Sol quiso retirar la mano con que tenía asida la de Ana; pero Ana la retuvo.

—¿Qué ha sido, eh, qué ha sido? Sentí como si todo un edificio se hubiese derrumbado dentro de mí. Ya, ya pasó. Ya estoy bien. Y se le cayó la cabeza al otro lado de las almohadas.

El médico la halló de esta manera, le puso el oído sobre el corazón, abrió de par en par la ventana y las puertas, y aconsejó que solo quedase junto a ella la persona que ella desease.

Ana, que parecía no oír, abrió los ojos, como si el aire le hubiese hecho bien, y dijo:

—Juan ha llegado, Lucía.

—¿Cómo sabes?

—Vete con Juan, Lucía. Sol, tú te quedas.

Miró Sol a Lucía, como preguntándole; a Lucía, que estaba en pie al lado de la cama, duros los labios y los brazos caídos.

Juan llamaba a la puerta en este instante, y el médico lo entró en el cuarto, de la mano.

—Venga a decirme si no es locura pensar que corre riesgo esta linda niña—y con los ojos, desdecía el médico sus palabras—. Pero es indispensable que la enfermita vea el campo. Es indispensable. No me pregunte usted qué remedio necesita—dijo el médico clavando los ojos en Juan—. Mucho reposo, mucho aire limpio, mucho olor de árboles. Llévenmela donde haya calor, estos tiempos húmedos pueden hacerle mucho daño. Si mañana mismo pueden ustedes disponer el viaje, sea mañana mismo. Pero, niña, no se me vaya a ir sola. Lleve gente que la quiera, y que la arrope bien por las mañanitas y por las tardes. ¿Y esta señorita?—añadió volviéndose a Sol—. Y creo que usted se me pone buena si lleva consigo a esta señorita.

—Oh, sí, Sol va conmigo; ¿no, Juan?

—Por supuesto—dijo Juan vivamente, pensando con placer en que así se regocijaría Ana, cuya afición a Sol le era ya conocida, y se daría una prueba de estimación a la pobre viuda—: por supuesto que la llevamos. Va a ser una gala de los ojos ver ir por un caminito de rosales que yo me sé, cogidas del brazo, a Sol, Ana y Lucía. Lucía, mañana nos vamos. Sol, voy ahora a su casa a pedirle permiso a doña Andrea. ¿Te parece, Lucía que invitemos a Adela y a Pedro Real? ¡Upa, Ana, upa! Allá tengo unos inditos en el pueblo que te van a dar asunto para un cuadro delicioso. ¿Vamos, doctor?—acarició Juan una mano de Ana, besó la de Lucía, con un beso que la regañaba dulcemente y salió al corredor, hablando como muy contento, con el médico.

Ana llamó a Lucía con una mirada, y así que la tuvo cerca de sí, sin decir palabra, y sonriendo felizmente, trajo sobre su seno con un esfuerzo las manos de Lucía y de Sol, que estaban cada una a un lado de ella, y paseando sus ojos por sobre sus cabezas, como conversándoles, retuvo largo tiempo unidas las manos de ambas niñas bajo las suyas.

Y Sol miró a Lucía de tan linda manera, que no bien Ana se quedó como dormida, se acercó Lucía a Sol, la tomó por el talle cariñosamente, y una vez en su cuarto, empezó a vaciar con ademanes casi febriles sus cajas y gavetas.

—Todo, todo, todo es para ti—y Sol quería hablar, y ella no la dejaba—. Mira, pruébate este sombrero. Yo nunca me lo he puesto. Pruébatelo, pruébatelo. Y este, y este otro. Esos tres son tuyos. Sí, sí, no me digas que no. Mira, trajes: uno, dos, tres. Este es el más bonito para ti. ¿Oyes? Yo quiero mucho a Pedro Real. Yo quiero que tú quieras a Pedro Real. Que te vea muy bonita. Que te vean siempre más bonita que yo. Pero óyeme, a Juan no me lo quieras. Tú déjame a Juan para mí sola. Enójalo. Trátalo mal. Yo no quiero que tú seas su amiga. ¡No, no me digas nada! sí, es chanza, sí, es chanza. ¿Ves? Este vestido malva sí te va a estar bien. A ver, qué bien hace con tu pelo castaño. ¿Ves? Es muy nuevo. Tiene el corpiño como un cáliz de flor, un poco recto; no como esos de ahora, que parecen una copa de champaña: muy delgados en la cintura, y muy anchos en los hombros. La saya es lisa; no tiene tableados ni pliegues; cae con el peso de la seda hasta los pies. ¿Ves? a mí me está muy corta. A ti te estará bien. Es un poco ancha, a lo Watteau. ¡Mi pastorcita! ¡mi pastorcita! Yo nunca me la he puesto. ¿Tú sabes? A mí no me gustan los colores claros.

¡Ah! mira: aquí tienes—y escondía algo con las dos manos cerradas detrás de su espalda—, aquí tienes, y no te lo vas a quitar nunca, aunque se nos enoje doña Andrea. Cierra los ojos.

Los cerró Sol venturosa de verse tan querida por su amiga, y cuando los abrió, se vio en el brazo, e hizo por quitarse con un gesto que Lucía le detuvo, un brazalete de cuatro aros de perlas margaritas.

—Sí, sí, es muy rico; pero yo quiero que tú lo tengas. No: nada, nada que me digas: ¿ves? yo tengo aquí otro, de perlas negras. ¡Y nunca, nunca te lo quites! Yo quiero ser muy buena—y la tomó de las dos manos, y la besó en las dos mejillas apasionadamente—. ¡Ven, vamos a ver a Ana!

Y salieron del cuarto, cogidas del talle.

¡Al campo, al campo! Doña Andrea no sabe que va Pedro Real; que si lo supiese, no dejaría ir a Sol: aunque a Juan ¿qué le negaría ella? ¡A Juan! Ese, ese era el que ella hubiera querido para Sol. «Bueno, Juan: que no salga al sol mucho». Juan preguntó en vano por la hermana mayor, por Hermanita. Ella estaba en la casa cuando entró él; pero ahora no: estará en casa de alguna vecina. ¡No, Hermanita estaba allí; estaba en el comedor, detrás de las persianas! Ella veía a quien no la veía. «¡Cierra los ojos, Hermanita, no veas a lo que no debes ver!». Y cuando Juan salió, las persianas se entornaron, como unos ojos que se cierran.

¡Al campo, al campo! Cuatro mulas tiran del carruaje, con collares de plata y cencerro, porque Ana vaya alegre: y las mulas llevan atadas en el anca izquierda unas grandes moñas rojas, que lucen bien sobre su piel negra. El cochero es Pedro Real, que lleva al lado a Adela, en la imperial, Juan y Lucía, adentro, con la gente mayor, que es muy respetable, pero no nos hace falta para el curso de la novela, Ana sentada entre almohadas, muy mejor con el gozo del viaje, con su cuaderno de apuntes en la falda, para copiar lo que le guste del camino, que ya le perece que está buena, y Sol a su lado, con un vestido de sedilla color de ópalo, tranquila y resplandeciente como una estrella.

Pedro Real se mordió el bigote rizado cuando vio que no iba a ser Sol su compañera en el pescante. Y con Adela iba muy cortés. Pero ¿Ana no necesitaría nada? Juan, ¿irá Ana bien? Deberíamos bajar. ¡Voy a bajar un momento, a ver si Ana va bien! Bajó muchos momentos. Y las mulas, aunque diestras, más de una vez se iban un poco del camino, como si no estuviese bastante puesto en ellas el pensamiento del cochero.

Era como de seis leguas el camino, y todo él a un lado y otro de tan frondosa vegetación que no había manera de tener los ojos sino en constante regalo y movimiento. Porque allá al fondo era un bosque de cocoteros, o una hilera de palmas lejanas que iba a dar en la garganta de dos montes; ya era, al borde mismo del camino, una pendiente llena de flores azules y amarillas que remataba en un río de espumas blancas, nutrido con las aguas de la sierra, o eran ya a la distancia, imponentes como dos mensajes de la tierra al cielo, dos volcanes dormidos, a cuya falda serpeada por arroyuelos de agua blanca viva y traviesa, se recogían, como siervos azotados a los pies de sus dueños, las ciudades antiguas, desdentadas y rotas, en cuyos balcones de hierro labrado, mantenidos como por milagro sin paredes que los sustentasen sobre las puertas de piedra, crecían en hilos que llegaban hasta el suelo copiosas enredaderas de ipomea. De una iglesia que tuvo los techos pintados, y dorados de oro fino de lo más viejo de América los capiteles de los pilares, quedaba en pie, como una concha clavada en tierra por el borde, el fondo del altar mayor, cobijado por una media bóveda: un bosquecillo había crecido al amor del altar; la pared interior, cubierta de musgo, le daba desde lejos apariencia de cueva formidable; y era cosa común y sumamente grata ver salir de entre los pedruscos florecidos, al menor ruido de gente o de carruajes, una bandada de palomas. Otra iglesia, de que no había quedado en pie más que el crucero, tenía el domo completamente verde, y las paredes de un lado rosadas y negras, como los bordes de una herida. Y por el suelo no podía ponerse el pie sin que saltase un arroyo.

Llegaron a los volcanes; pasaron por las ciudades antiguas: más allá iban; y no se detuvieron. Lucía, a la sombra de su quitasol rojo, se sentía como la señora de toda aquella natural grandeza, y como si el mundo entero, de que tenía a los ojos hermosa pintura, no hubiera sido fabricado más que para cantar con sus múltiples lenguas los amores de Lucía Jerez y de su primo. Y se veía ella misma lo interior del cráneo como si estuviese lleno de todas aquellas flores: lo que le sucedía siempre que estaba sola, con Juan Jerez al lado. Adela y Pedro hablaban de formalísimos sucesos, que tenían la virtud de poner a Adela contemplativa y silenciosa, dando a Pedro ocasión para ir callado buena parte del camino, lo cual aprovechaba él en celebrar consigo mismo animados coloquios: y a cada instante era aquello de: «Juan, ¿cómo estará Ana? Bajaré un instante, a ver si se le ofrece algo a Ana». Y Lucía reía, y daba por cosa cierta que, aunque Sol era niña recatada, ya le había dicho que Pedro Real le parecía muy bien, y se la veía que le llevaba en el alma: lo que a Juan no parecía un feliz suceso, aunque prudentemente lo callaba. Adentro del carruaje, la dichosa Sol era toda exclamaciones: jamás, jamás, en su vida de huérfana pobre, había visto Sol correr los ríos, vestirse a los bosques fuertes de campanillas moradas y azules, y verdear y florecer los campos. De un color de rosa de coral se le teñían las mejillas, y el ónix de México no tuvo nunca mayor transparencia que la tez fina de Sol, en aquella mañana de ventura en la naturaleza. ¡Ay! la buena Ana sonreía mucho, pero había olvidado levantar de su falda el cuaderno de notas.

***

Y de pronto sonaron unas músicas; se oscureció el camino como por una sombra grata, y refrenaron las mulas el paso, con gran ruido de hebillas y cencerros. De un salto estaba Pedro a la portezuela del carruaje, al lado de Sol, preguntándole a Ana qué se le ofrecía. Pero aquí bajaron todos, y Sol misma, que se volvió pronto al carruaje, para acompañar a Ana, y animarla a tomar del breve almuerzo que los demás, sentados en torno de una mesa rústica, gustaban con vehemente apetito, sazonado por chistes que el piadoso Juan encabezaba y atraía, porque los oyese Ana desde su asiento en el coche, traído a este propósito cerca de la mesa.

Allí, en las tazas de güiro posadas en trípodes de bejuco recién cortado de las cercanías, hervía la leche que, a juzgar por lo fragante y espumosa, acababa de salir de la vaca de Durham que asomó su cabeza pacífica por uno de los claros de la enredadera. Porque era aquel lugar un lindo parador, techado y emparrado de verdura, puesto allí por los dueños de la finca, para que los visitantes hiciesen de veras, al llegar de la ciudad, su almuerzo a la manera campesina. Allí el queso, que manaba la leche al ser cortado, y sabía ricamente con las tortas de maíz humeantes que servía la indita de saya azul, envueltas en paños blancos. Allí unos huevos duros, o blanquillos, que venían recostados, cada uno en su taza de güiro, sobre unas yerbas de grata fragancia, que olían como flores. Allí, en la cáscara misma del coco recién partido en dos, la leche de la fruta, con una cucharilla de coco labrado que la desprendía de sus tazas naturales. Y mientras duraba el almuerzo, unos indios, descalzos y en sus trajes de lona, puestos en tierra sus sombreros de palma, tocaban, bajo otro paradorcillo más lejano, dispuesto para ellos, unos aires muy suaves de música de cuerda, que blandamente templada por el aire matinal y la enredadera espesa, llegaba a nuestros alegres caminantes como una caricia. Adela solo reía forzadamente. Violencia tenía que hacerse Sol para no palmotear en el carruaje. Muy feamente arrugó el ceño Lucía una vez que se acercó Juan a la portezuela del lado de Ana, y habló con ella, haciéndola reír, unos minutos: y en cuanto oyó reír a Sol, dejó Lucía su asiento, y se fue ella también a la portezuela. ¡Ea! ¡Ea! ya tocan diana, que es el toque de bienvenida y adiós, los indios habilidosos. La indita de saya azul da a gustar a la vaca mirona una de las tazas de coco abandonadas. Al pescante van Pedro y Adela: Lucía, menos contenta, a la imperial con Juan. Ya la casa de la finca, toda blanca, de techo encarnado, se ve a poca distancia. Ana ya va muy pálida; y las mulas, al olor del pesebre, vuelan camino arriba, bajo la bóveda de espesos almendros que llenan la avenida con sus hojas redondas y sus verdes frutas.

*** *

Mucha, mucha alegría. Lucía también estaba alegre, aunque no estaba Juan allí. Porque no estaba Juan: el pleito de los indios, aunque aquellos eran días de receso en tribunales como en escuelas, le había obligado a volver al pueblecito, si no quería que un gamonal del lugar, que tenía grandes amigos en el Gobierno, hurtase con una razón u otra a los indios la tierra que la energía de Juan había logrado al fin les fuese punto menos que reconocida en el pleito. Los indios habían salido de la iglesia con su música, el domingo antes, apenas se supo que Juan no esperaría el tren del día siguiente: y cuando le trajeron a Juan la mula, vio que la habían adornado toda con estrellas y flores de palma, y que todo el pueblo se venía tras él, y muchos querían acompañarle hasta la ciudad. Una viejita, que venía apoyada en su palo, le trajo un escapulario de la Virgen, y una guapa muchacha, con un hijo a la espalda y otro en brazos, llegó con su marido, que era un bello mancebo, a la cabeza de la mula, puso al indito en alto para que le diese la mano al «caballero bueno»; y muchos venían con jarras de miel cubiertas con estera bien atada, u otras ofrendas, como si pudiesen dar para tanto las ancas de la caballería, muy oronda de toda aquella fiesta; y otro viejito, el padre del lugar, mi señor don Mariano, que jamás había bebido de licor alguno, aunque él mismo trabajaba el de sus plantíos propios, llegó, apoyado en sus dos hijos, que eran también como senadores del pueblo, y con los brazos en alto desde que pudo divisar a Juan, y como si hubiera al cabo visto la luz que había esperado en vano toda su vida: «Abrazarlo—decía—. ¡Déjenme abrazarlo! ¡Señor, todito este pueblo lo quiere como a su hijo!». De modo que Juan, a quien había conmovido aquellos cariños, dejó la finca, dos días después de haber llegado a ella, no bien supo que los indios, a pesar de su esfuerzo, corrían peligro de que se les quitase de las manos la posesión temporal que, en espera de la definitiva, había Juan obtenido que el juez les acordase—el juez, que había recibido el día anterior de regalo del gamonal un caballo muy fino.

***

Mucha, mucha alegría. Lucía misma, que en los dos días que estuvo allí Juan le dio ocasión de extrañeza con unos cambios bruscos de disposición que él no podía explicarse, por ser mayores y menos racionales que los que ya él le conocía, estaba ahora como quien vuelve de una enfermedad.

Era la casa toda de los visitantes, por no estar en ella entonces sus dueños, que eran como de la familia de Juan Pedro, al anochecer, salía de caza, porque era el tiempo de la de los conejos, por allí abundantísimos. De los que traía muertos en el zurrón no hablaba nunca, porque Ana no se lo había de perdonar, por haber todavía en este mundo almas sencillas que no hallan placer en que se mate, a la entrada misma de la cueva donde tiene a su compañera y a su prole, a los pobres animales que han salido a descubrir, para mudarse de casa, algún rincón del bosque rico en yerbas.

Pero los conejos, de puro astutos, suelen caer en las manos del cazador; porque no bien sienten ruido, se hacen los muertos, como para que no los delate el ruido de la fuga, y cierran los ojos, cual si con esto cerrase el cazador los suyos, quien hace por su parte como que no ve, y echada hacia la espalda la escopeta, por no alarmar al conejo que suele conocerla, se va, mirando a otro lado, sobre la cama del conejo, hasta que de un buen salto le pone el pie encima y así lo coge vivo: una vez cogió tres, muy manso el uno, de un color de humo, que fue para Ana: otro era blanco, al cual halló manera de atarle una cinta azul al cuello, con que lo regaló a Sol; y a Lucía trajo otro, que parecía un rey cautivo, de un castaño muy duro, y de unos ojos fieros que nunca se cerraban, tanto que a los dos días, en que no quiso comer, bajó por primera vez las orejas que había tenido enhiestas, mordió la cadenilla que lo sujetaba, y con ella en los dientes quedó muerto.

***

Paseos, había pocos. Sin Ana, ¿quién había de hacerlos? Con ella no se podía. Ni Sol dejaba a Ana de buena voluntad; ni Lucía hubiera salido a goce alguno cuando no estaba Juan con ella. Adela, sí, había trabado amistades con una gruesa india que tenía ciertos privilegios en la casa de la finca, y vivía en otra cercana, donde pasaba Adela buena parte del día, platicando de las costumbres de aquella gente con la resuelta Petrona Revolorio: «y no crea la señorita que le converso por servicio, sino porque le he cobrado afición». Era mujer robusta y de muy buen andar, aunque esto lo hacía sobre unos pies tan pequeños que no había modo de que Petrona llegara a ver a «sus niños» sin que le pidieran que los enseñase, lo cual ella hacía como quien no lo quiere hacer, sobre todo cuando estaba delante el niño Pedro. Las manos corrían parejas con los pies, tanto que algunas veces las niñas se las pedían y acariciaban; llevaba una simple saya de listado, y un camisolín de muselina transparente, que le ceñía los hombros y le dejaba desnudos los hermosos brazos y la alta garganta. Era el rostro de facciones graciosas y menudas, de tal modo que la boca, medio abierta en el centro y recogida en dos hoyuelos a los lados, no era en todo más grande que sus ojos. La naricilla, corta y un tanto redonda y vuelta en el extremo, era una picardía. Tenía la frente estrecha, y de ella hacia atrás, en

dos bandas no muy lisas, el cabello negro, que en dos trenzas copiosas, veteadas de una cinta roja, llevaba recogida
en cerquillo, como una corona, sobre lo alto de la cabeza.
Un chal de listado tenía siempre puesto y caído sobre un
hombro; y no había quien, cuando remataba una frase que
le parecía intencionada, se echase por la espalda con más
brío el chal de listado. Luego echaba a correr, riendo y hablando en una jerga que quería ser muy culta y ciudadana;
y se iba a preparar a la niña Ana, lo cual hacía muy bien,
unos tamales de dulce de coco y un chocolatillo claro, que
era lo que con más gusto tomaba, por lo limpio y lo nuevo,
nuestra linda enferma. Y mientras Ana los gustaba, Petrona
Revolorio, con el chal cruzado, se sentaba a sus pies «no
por servicio, sino porque le había cobrado afición» y le hacía cuentos.

¿El alba, sin que Petrona Revolorio estuviese a la puerta
del cuarto de la niña Ana con su cesta de flores, que ella
misma quería ponerle en el vaso y ver con sus propios ojos,
cómo seguía la niña? «¡Mi niñita: mírenla que galana está
hoy!; se lo voy a decir al niño Pedro que nos dé un baile de
convite a las señoras, y vamos a sacarla a bailar con el niño
Pedro. ¡Y él sí que es galán también, el niño Pedro! Mire,
mi niñita: no le traigo de esos jazminotes blancos, porque
los de acá huelen muy fuerte; pero aquí le pongo, en este
vaso azul, esos jazmines de San Juan, que acá se dan todo
el año y huelen muy bien de noche. Con que, mi niñita,
prepárese para el baile, y que le voy a prestar un chal de
seda encarnada que yo tengo, que me la va a poner más
linda que la misma niña Sol. ¡Cómo está que se muere
el niño Pedro por la niña Sol! Pero yo no sé qué tiene la
niña Adela, que está como aburrida. ¿Quiere mi niñita los
tamales hoy de coco, o de carnecita fresca? Ayer maté un

cochito, que está de lo más blando: era el cochito rosado, ¡y la carne está como merengue! ¡Jesús, mi niñita, no me diga eso! Si yo me muero por servirla: mire que yo soy como las tacitas de coco, que dicen en letras muy guapas: 'yo sirvo a mi dueña'. Voy a poner la puerta de mi casa llena de tiestos de flores, y a alquilar a los músicos, el día que mi niñita vaya a verme. ¡Y, eso que yo no se lo hago a nadie: porque no lo hago por servicio, sino porque le he cobrado mucha afición!».

***

Y Pedro, como que con la ausencia de Juan venía a ser el caballero servidor de las cuatro niñas, ¿qué había de hacer sino estarlas sirviendo, y mucho mejor cuando no estaba cerca Adela, y mejor aun cuando no estaba junto a Ana, que no ponía buenos ojos cuando miraba a la vez a Sol y a Pedro, y mejor que nunca cuando por algún acaso Lucía y Sol estaban solas? Y siempre entonces tenía Lucía algo que hacer, ir de puntillas a ver si seguía durmiendo Ana, ver si habían puesto de beber a los pajaritos azules, preguntar si habían traído la leche fresca que debía tomar Ana al despertarse: siempre tenía Lucía, cuando Pedro y Sol podían quedarse solos, alguna cosa que hacer.

Era el lugar de conversación un colgadizo espacioso, de tablilla bruñida el pavimento: la baranda—como toda la casa, de madera—abierta en tres lados para las tres escalerillas que llevaban al jardín que había al frente de la casa. Estaba el colgadizo siempre en sombra, porque lo vestía de verdor una enredadera copiosísima, esmaltada de trecho en trecho por unos ramos de florecitas rojas. Colgaban del techo pintado el fresco de unas caprichosas guirnaldas de hojas y flores como las de la enredadera, unos cestos de alambre cubiertos de cera roja, que les hacía parecer de coral, todos llenos de florecillas naturales, brillantes y pequeñas, y a menudo adornados con las hebras de una parásita que crecía sobre los árboles viejos de la finca, y era, por su verde blancuzco y por crecer en hilos, como las canas de aquella arboleda. En los tramos de pared, entre las ventanas interiores, realzadas con unas líneas de vivo encarnado, había unos grandes estudios de flores en madera, pintada con los colores naturales por los artistas del país, con propiedad muy grande: dos de los cuadros eran de magnolia, la una casi abierta, y con cierta hermosura de emperatriz; la otra aun cerrada en su propia rama: y otros dos cuadros eran de las flores pomposas del marpacífico, con sus hojas de rojo encendido, agrupadas de modo que realzase su natural tamaño y hermosura.

Y allí, a la suave sombra, contaba Pedro maravillas y glorias europeas a Ana, que le oía con cariño—a Adela, que hacía como si no le interesasen—, a Lucía, que pensaba con amorosa cólera en Juan, en Juan, que no debía venir, porque estaba allí Sol, en Juan, que debía venir puesto que estaba Lucía—y a Sol contaba también aquellas historias, quien sin desagrado ni emoción las escuchaba y con sus hábitos de niña huérfana, azorada a veces de la súbita rudeza que templaba Lucía luego con arrebatos afectuosos, solo se sentía dueña de sí cerca de quien la necesitaba, y ni con Adela, que parecía esquivarla, ni con la misma Lucía, aunque esto le pesaba mucho, tenía ya la naturalidad y abandono que con Ana, con Ana a quien aquellos aires perfumados y calurosos habían vuelto, si no el color al rostro, cierta facilidad a los movimientos y unos como asomos de vida.

Hallaba Pedro con asombro que el atrevimiento desvergonzado y celebración excesiva a que se reduce, casi siempre pagado deprisa y con usura por las mujeres, todo el arte misterioso de los enamoradores, no le eran posibles ante aquella niña recién salida del colegio, que con franca sencillez, y mirándole en los ojos sin temor, decía en alto como materia de general conversación lo que con más privado propósito dejaba Pedro llegar discretamente a su oído. Era la niña de tal hermosura que llevaba consigo, y de sí misma, la majestad que la defiende; y lo usual iba siendo que cuando Lucía encontraba modo de ir a ver si los pajaritos azules tenían agua, o si había llegado la leche fresca, no mudarse la conversación entre Sol y Pedro, abierta por lo demás y no muy amena, del asunto en que se estaba antes de que Lucía fuera a ver los pájaros. Ni había cosa que a Lucía pusiese en mayor enojo que hallarlos conversando, cuando volvía, de la caza de ayer, del jabalí en preparación, de las fiestas de cacería en los castillos señoriales de Europa, de la pobre Ana, de los tamales de Petrona Revolorio. Y Pedro, de otras mujeres tan temido, era con la mayor tranquilidad puesto por Sol, ya a que le leyese la *Amalia* de Mármol o la *María* de Jorge Isaacs, que de la ciudad les habían enviado, ya, para unos cobertores de mesa que estaba bordando a la directora, a que devanase el estambre.

***

—Sí, sí, hoy estaba muy hermosa. Dime, tú, espejo: ¿la querrá Juan? ¿la querrá Juan? ¿Por qué no soy como ella? Me rasgaría las carnes: me abriría con las uñas las mejillas. Cara imbécil, ¿por qué no soy como ella? Hoy estaba muy hermosa. Se le veía la sangre y se le sentía el perfume por debajo de la muselina blanca.

Y se sentaba Lucía, sola en su cuarto en una silla sin espaldar, sin quitarse los vestidos, ya a más de medianoche, y a poco rato se levantaba, se miraba otra vez al espejo, y se sentaba nuevamente, la cara entre las manos, los codos en las rodillas. Luego rompía a hablarse:

—Yo me veo, sí, yo me veo. ¿Qué es lo que tengo, que me parezco fea a mí misma? Y yo no lo soy, pero lo estoy siendo. Juan lo ha de ver; Juan ha de ver que estoy siendo fea. ¡Ay! ¡por qué tengo este miedo! ¿Quién es mejor que Juan en todo el mundo? ¿Cómo no me ha de querer él a mí, si él quiere a todo el que lo quiere? ¿quién, quién lo quiere a él más que yo? Yo me echaría a sus pies. Yo le besaría siempre las manos. Yo le tendría siempre la cabeza apretada sobre mi corazón. ¡Y esto ni se puede decir, esto que yo quisiera hacer! Si yo pudiera hacer esto, él sentiría todo lo que yo lo quiero, y no podría querer a más nadie. ¡Sol! ¡Sol! ¿quién es Sol para quererlo como yo lo quiero? ¡Juan!... ¡Juan!...

Y conteniendo la voz se iba hacia la ventana abierta, y tendía las manos como sin querer, llamando a Juan a quien acababa de escribir sin decirle que viniese.

Empujó violentamente las dos hojas de la ventana, y arrodillándose de repente junto a ella, sacó afuera, como a que el aire se la humedeciese, la cabeza; y la tuvo apoyada algún tiempo sobre el marco, sin que le molestase aquella almohada de madera.

—¡No puede ser! ¡no puede ser!—dijo levantándose de pronto—: Juan va a quererla. Lo conozco cada vez que la mira. Se sonríe, con un cariño que me vuelve loca. Se le ve, se le ve que tiene placer en mirarla. Y luego ¡esa imbécil es tan buena! No es mentira, no: es buena. ¿Yo misma, yo misma no la quiero? ¡Sí, la quiero, y la odio! ¿Qué sé yo qué es lo que me pasa por la cabeza? ¡Juan, Juan, ven pronto; Juan, Juan, no vengas!

¿Cómo no ha de quererla Juan?—decía la infeliz, entre golpes de lágrimas, a los pocos momentos, siendo aquel llanto de Lucía extraño, porque no venía a raudal y de seguida, aliviando a la que lloraba, sino a borbotones e intervalos, sofocándola y exaltándola, parecido al agua que baja, tropezando entre peñas, por los torrentes—. ¿Cómo no ha de quererla Juan, si no hay quien ame lo hermoso más que él, y la Virgen de la Piedad no es tan hermosa como ella? Juan.... Juan...—decía en voz baja, como para que Juan viniese sin que nadie lo viera—; ¡sin que Sol lo viera!

Y si viene... y si la mira... ¡yo, no puedo soportar que la mire!... ¡ni que la mire siquiera! Y si está aquí un mes, dos meses. Y si ella no quiere a Pedro Real, porque no lo quiere, y Ana le dice que no lo quiera. Y ella va a querer a Juan ¿cómo no va a quererlo? ¿Quién no lo quiere desde que lo ve? Ana lo hubiera querido, si no supiese que ya él me quería a mí; ¡porque Ana es buena! Adela lo quiso como una loca; yo bien lo vi, pero él no puede querer a Adela. Y Sol ¿por qué no lo ha de querer? Ella es pobre; él es muy rico. Ella verá que Juan la mira. ¿Qué marido mejor puede tener ella que Juan? Y me lo quitará, me lo quitará si quiere. Yo he visto que me lo quiere quitar. Yo veo como se queda oyéndole cuando habla; así me quedaba yo oyéndole cuando era niña. Yo veo que cuando él sale, ella alza la cabeza para seguirle viendo. ¡Y van a estar aquí un mes, dos meses! ella siempre con Ana, todos con Ana siempre. Él recreando los ojos en toda su hermosura. Yo, callada a su lado, con los labios llenos de horrores que no digo, odiosa y fiera. Esto no ha de ser, no ha de ser, no ha de ser. O Sol se va, o yo me iré. Pero ¿cómo me he de ir yo?; ¡que me lo robe alguien si puede!—y abrió los brazos en la mitad del cuarto, como desafiando, y le cayó por las espaldas desatada la cabellera negra.

¡Que no se sienten juntos: que yo no lo vea!

Y con los labios apoyados sobre el puño cerrado, quedó dormida en un sillón cerca de la ventana, sombreándole extrañamente el rostro, al agitarse movida por el aire, la cabellera negra.

¿A quién vio la mañana siguiente Lucía, sentado en el colgadizo, con Sol y con Ana? Venía con paso lento, y como si no hubiera querido venir.

—¡No le diga, no le diga!...—a Sol que se levantaba como para avisarle.

Venía Lucía con paso lento, y Ana y Sol, que conocían las habitaciones de la casa, sabían que era ella quien venía. Volvió Sol a su asiento. Juan hizo como que hablaba muy animadamente con Ana y con ella. Lucía llegó a la puerta. Los vio sentados juntos, y como que no la veían. Tembló toda. ¿Entra? ¿Sale? ¡Juan! ¡allí Juan! ¡Juan así! Se clavó los dientes en el labio, y los dejó clavados en él. Volvió la espalda, se entró por el corredor que iba a su habitación; a Sol que fue corriendo detrás de ella: «¡Vete! ¡vete!», y entró en su cuarto, cerrando tras de sí con llave la puerta.

¡A Juan que, suponiéndola apenada, no bien acabó con cuanta prisa pudo su empeño en el pueblo de los indios volvió a la ciudad, y de allí, aprovechando la noche por sorprender a Lucía con la luz de la mañana, emprendió sin descansar el camino de la finca a caballo y de prisa! ¡A Juan, que con amores muy altos en el alma, consentía, por aquella piedad suya que era la mayor parte de su amor, en atar sus águilas al cabello de aquella criatura, no tanto por lo que la amaba él, sin que por eso dejase de amarla, sino por lo que lo amaba ella! ¡A Juan que, puestos en las nubes del cielo y en los sacrificios de la tierra sus mejores cariños, no dejaba, sin embargo, por aquella excelente condición suya,

de hacer, pensar u omitir cosa con que él pudiera creer que
sería agradable a su prima Lucía, aunque no tuviese él placer en ella! ¡A Juan que, joven como era, sentía, por cierto
anuncio del dolor que más parece recuerdo de él, como
si fuera ya persona muy trabajada y vivida, quienes a las
mujeres, sobre todo en la juventud, parecían encantadores
enfermos! ¡A Juan, que se sentía crecer bajo del pecho, a
pesar de lo mozo de sus años, unas como barbas blancas
muy crecidas, y aquellos cariños pacíficos y paternales que
son los únicos que a las barbas blancas convienen! ¡A Juan,
que tenía de su virtud idea tan exaltada como la mujer más
pudorosa, y entendía que eran tan graves como las culpas
groseras los adulterios del pensamiento!

¡A Juan, porque, ya después de aquellas cartas extrañas
que Lucía le había escrito a la finca sin hablarle de su vuelta, recibirlo de aquel modo, con aquella mirada, con aquella explosión de cólera, con aquel desdén! ¿Pues cuándo
había cesado de pensar Juan, cuándo, que aquel cariño que
con tanta ternura prodigaba, sin fatiga ni traición, sobre
su prima, era como una concesión de él, como un agradecimiento de él, como una tentativa, a lo sumo, de asir
en cuerpo y ver con los ojos de la carne las ideas de rostro
confuso y vestidura de perlas, que cogidas del brazo y con
las alas tendidas, le vagaban en giros majestuosos por los
espacios de su mente? Pues sin el alma tierna y fina que de
propia voluntad suya había supuesto, como natural esencia
de un cuerpo de mujer, en su prima Lucía, ¿qué venía a ser
Lucía? ¿Qué hombre, que lo sea, ama a una mujer más que
por el espíritu puro que supone en ella, o por el que cree
ver en sus acciones, y con el que le alivia y levanta el suyo
de sus tropiezos y espantos en la vida? Pues una mujer sin
ternura ¿qué es sino un vaso de carne, aunque lo hubiese

moldeado Cellini, repleto de veneno? Así, en un día, dejan de amar los hombres a la mujer a quien quisieron entrañablemente, cuando un acto claro e inesperado les revela que en aquella alma no existen la dulzura y superioridad con que la invistió su fantasía.

—Estará enferma Lucía. Ana—dile que la saludaré luego—. Voy a ver a Pedro Real. Sol, gracias por lo buena que es usted con Ana. Usted tiene ya fama de hermosa, pero yo le voy a dar fama de buena.

Lucía oyó esto, que hizo que le zumbasen las sienes y le pareciese que caía por tierra: Lucía, que sin ruido había abierto la puerta de su cuarto, y había venido hasta la de la sala, para oír lo que hablaban, en puntillas.

***

Violentos fueron, a partir de entonces, los días en la finca. Ni Ana misma sabía, puesto que tenía a Sol constantemente a su lado, qué causaba la ira de Lucía. Esta cesó cuando Juan, tomándola a la tarde de la mano, la llevó, mientras que Pedro y Adela buscaban flores de saúco para Ana, a la sombra de un camino de rosales que daba al saucal, y donde había de trecho en trecho unos bancos de piedra, y al lado unos atriles, de piedra también, como para poner un libro. En la mirada y en la voz se conocía a Juan que algo se le había roto en lo interior, y le causaba pena; pero con voz consoladora persuadía a Lucía quien, con pretextos fútiles, que no acertaba Juan a entender ni excusar, ocultaba la razón verdadera de su ira, que ella a la vez quería que Juan adivinase y no supiese: «¡porque si no lo es, y se lo digo, tal vez sea! Y no lo es, no, yo creo ahora que no lo es; pero si no sabe lo que es ¿cómo me va a perdonar?». Y airada ya contra Juan irrevocablemente, como si las nubes que pasan por el cielo del amor fueran sus lienzos funerarios, se levantaron como si hubieran hecho las paces, pero sin alegría.

Pusiéronse en esto los días tan lluviosos, que ni Pedro iba a casa, ni Adela a la de la Revolorio, ni podía Ana salir al colgadizo, ni Sol y Lucía, sino estar cerca de ella; ni Juan, fuera de sus horas de leer, que le fatigaban ahora que no estaba contento, tenía modo de estar alejado de la casa. Ni había con justicia para Juan placer más grato, ahora que en Lucía había entrevisto aquel espíritu seco y altanero, que estar cerca de Ana, cuyo espíritu puro con la vecindad de la muerte se esclarecía y afinaba. Y se asombraba Juan, con razón, de haber pasado, libre aun, cerca de aquella criatura que se desvanecía, sin rendirle el alma. Esta misma contemplación del espíritu de Ana, cuya cabalidad y belleza entonces más que nunca le absorbían, le apartaron del riesgo, en otra ocasión acaso inevitable, de observar en cuán grata manera iban unidas en Sol, sin extraordinario vuelo de intelecto, la belleza y la ternura.

Con Lucía, no había paces. Lo que no penetraba Ana, ¿cómo lo había de entender Sol? En vano, Sol, aunque ya asustadiza, aprovechando los momentos en que Ana estaba acompañada de Juan o de Pedro y Adela, se iba en busca de Lucía, que hallaba ahora siempre modo de tener largos quehaceres en su cuarto, en el que un día entró Sol casi a la fuerza, y vio a Lucía tan descompuesta que no le pareció que era ella, sino otra en su lugar: en el talle un jirón, los ojos como quemados y encendidos, el rostro todo como de quien hubiese llorado.

Y ese día Lucía y Juan estaban en paz: ni permitía Juan, por parecerle como indecoro suyo, aquel llevar y traer de cóleras, que le sacaban el alma de la fecunda paz a que por la excelencia de su virtud tenía derecho. Pero ese día, como que Ana se fatigase visiblemente de hablar, y Adela y Pedro estuviesen ensayando al piano una pieza nueva para Ana, Juan, un tanto airado con Lucía que se le mostraba dura, habló con Sol muy largamente, y se animó en ello, al ver el interés con que la enferma oía de labios de Juan la historia de Mignon, y a propósito de ella, la vida de Goethe. No era esta para muy aplaudida, del lado de que Juan la encaminaba entonces, y tan hermosas cosas fue diciendo, con aquel arrebatado lenguaje suyo, que se le encendía y le rebosaba en cuanto sentía cerca de sí almas puras, que Pedro y Adela, ya un tanto reconciliados, vinieron discretamente a oír aquel nuevo género de música, no señalada por el artificio de la composición ni pedantesca pompa, sino que con los ricos colores de la naturaleza salía a caudales de un espíritu ingenuo, a modo de confesiones oprimidas. Lucía se levantaba, se mostraba muy solícita para Ana, interrumpía a Juan melosamente. Salía como con despecho. Entraba como ya iracunda. Se sentaba, como si quisiera domarse. «Sol, ¿habrán puesto agua a los pájaros?». Y Sol fue, y habían puesto agua. «Sol, ¿habrán traído la leche fresca para Ana?». Y Sol fue, y habían traído la leche fresca para Ana. Hasta que, al fin, salió Lucía, y no volvió más: Sol la halló luego, con los ojos secos y el talle desgarrado.

Y aquello crecía. Hoy era una dureza para Sol. Otra mañana. A la tarde otra mayor. La niña, por Ana y por Juan, no las decía. Juan, apenas bajaba. Lucía, con grandes esfuerzos, lograba apenas, convertido en odio aparente todo el cariño que por Juan sentía, disimularlo de modo que no fuese apercibido. ¿Quién había de achacar a Sol tanta mudanza, a Sol cuya pacífica belleza en el campo se completaba y esparcía, pues era como si la vertiese en torno suyo, y por donde ella anduviese fueran, como sus sombras, la fuerza y la energía? ¿A Sol, que sobre todos levantaba sus ojos limpios, grandes y sencillos, sin que en alguno se detuviesen más que en otro; con Lucía, siempre tierna; para Ana, una hermanita; con Pedro, jovial y buena; con Juan, como agradecida y respetuosa? Pero ese era su pecado: sus ojos grandes, limpios y sencillos, que cada vez que se levantaban, ya sobre Juan, ya sobre otros donde Juan pudiese verlos, se entraban como garfios envenenados por el corazón celoso de Lucía; y aquella hermosura suya, serena y decorosa, que sin encanto no se podía ver, como la de una noche clara.

***

Hasta que una noche:

—No, Sol, no: quédate aquí.

—¿Ana, adónde vas? ¿Qué tienes, Ana? ¿Salir tú del cuarto a estas horas? ¡Ana! ¡Ana!

—Déjame, niña, déjame. Hoy, yo tengo fuerzas. Llévame hasta la mitad del corredor.

—¿Del corredor?

—Sí: voy al cuarto de Lucía.

—Pues bueno, yo te llevo.

—No, mi niña, no—se sentó un momento, con Sol a sus pies, le abrazó la cabeza, y la besó en la frente. Nada le dijo, porque nada debía decirle. Y se levantó, del brazo de ella.

—Es que sé lo que tiene triste a Lucía. Déjame ir. De ningún modo vayas. Es por el bien de todos.

Fue, tocó, entró.

—¡Ana!

Ana, casi lívida y tendiendo los brazos para no caer en tierra, estaba de pie, en la puerta del cuarto oscuro, vestida de blanco.

—Cierra, cierra.

Se habló mucho, se oyeron gemidos, como de un pecho que se vacía, se lloró mucho.

Allá a la madrugada, la puerta se abría, Lucía quería ir con Ana.

—No, no, quiero llevarte; ¿cómo has de ir sola si no puedes tenerte en pie? Sol estará despierta todavía. Yo quiero ver a Sol ahora mismo.

—¡Loca! ¡Hasta cuándo eres buena, loca! A Juan, sí, en cuanto lo veas mañana, que será delante de mí, bésale la mano a Juan. A Sol, que no sepa nunca lo que te ha pasado por la mente. Vamos: acompáñame hasta la mitad del corredor.

—¡Mi Ana, madrecita mía, mi madrecita!

Y lloró Lucía aquella mañana, como se llora cuando se es dichoso.

***

¡Fiesta, fiesta! El médico lo ha dicho; el médico, que vino desde la ciudad a ver a la enferma, y halló que pensaba bien Petrona Revolorio. ¡Fiesta de flores para Ana!

¡Todos los músicos de las cercanías! ¡Telegramas a los sinsontes! ¡Recados a los amarillos! ¡Mensajeros por toda la comarca, a que venga toda la canora pajarería! Ana, ya se sabe de Ana: ¡Aquí no está bien, y debe ir adonde está bien! Pero es buena idea esa de Petrona Revolorio, y la enferma quiere que se dé un baile que haga famosa la finca. Petrona, por supuesto, no estará en la sala, ni ese es el baile que debía dar el niño Pedro Real; pero ella estará donde la pueda ver su niñita Ana, y mandarle todo lo que necesite, porque «ella baila con ver bailar, y lo que hace no lo hace por servicio, sino porque ha cobrado mucha afición». Ya está tan contenta como si fuese la señora. Tiene un jarrón de China, que hubo quién sabe en qué lances, y ya lo trajo, para que adorne la fiesta; pero quiere que esté donde lo vea la niña Ana.

¡Ahora sí que ha empezado la temporada en la finca! Andar, bien, andar, Ana no puede; pero Petrona la acompaña mucho y Sol, siempre que van Juan y Lucía a pasear por la hacienda, porque entonces ¡qué casualidad! entonces siempre necesita Ana de Sol.

El médico vino, después de aquella noche. El baile lo quiere Ana para sacudir los espíritus, para expulsar de las almas suspicaces la pena pasada, para que con el roce solitario no se enconen heridas aun abiertas, para que viendo a Lucía tierna y afable, torne de nuevo la seguridad en el alma de Juan alarmado, para que Lucía vea frente a frente a Sol en la hora de un triunfo, y como Ana le hablará antes a Juan, Lucía no tiemble. ¡Ana se va, y ya lo sabe!: ella no quiere el baile para sí, sino para otros.

***

¡Qué semana, la semana del baile! Pedro ha ido a la ciudad. Lucía quiso por un momento que fuera Juan, hasta que la miró Ana.

—¡Oh, no, Juan! tú no te vayas.

Una tristeza había en los ojos de Juan Jerez, que acaso ya nada haría desaparecer: la tristeza de cuando en lo interior hay algo roto, alguna creencia muerta, alguna visión ausente, algún ala caída. Mas se notó en los ojos de Juan una dulce mirada, y no como de que se alegraba él por sí, sino por placer de ver tierna a Lucía. ¡Son tan desventurados los que no son tiernos!

De la ciudad vendría lo mejor; para eso iba Pedro. ¿Quién no quería alegrar a Ana? Y ver a Sol del Valle, que estaba

ahora más hermosa que nunca ¿quién no querría? Carruajes, los tenían casi todos los amigos de la casa. El camino, salvo el tramo de las ciudades antiguas, era llano. Allí
habría caballerías para ayuda o repuesto. Cerca de la casa,
como a dos cuadras de ella, aderezaron para caballerizas dos
grandes caserones de madera, construidos años atrás para
experimentos de una industria que al fin no dio fruto. Pedro, antes de salir, había encargado que por todas las calles
del jardín que había frente a la casa, pusieran unas columnas, como media vara más altas que un hombre, que habían de estar todas forradas de aquella parásita del bosque,
sembrada acá y allá de flores azules; y sobre los capiteles, se
pondrían unos elegantes cestos, vestidos de guías de enredadera y llenos de rosas. Las luces vendrían de donde no
se viesen, ya en el jardín, ya en la casa; y estaba en camino
Mr. Sherman, el americano de la luz eléctrica, para que la
hubiese bien viva y abundante: los globos se esconderían
entre cestos de rosas. De jazmines, margaritas y lirios iban
a vestirle a Ana, sin que ella lo supiese, el sillón en que debía sentarse en la fiesta. Con una hoja de palma, puesta a
un lado de los marcos y encorvada en ondulación graciosa
por la punta en el otro, vistieron los indios todas las puertas y ventanas, y hubo modo de añadir a las enredaderas
del colgadizo, otras parecidas por un buen trecho a ambos
lados de las tres entradas, en cada uno de cuyos peldaños,
como por toda esquina visible del colgadizo o de las salas,
pusieron grandes vasos japoneses y chinos con plantas ame-
ricanas. En las paredes del salón como desusada maravilla,
colgó Juan cuatro platos castellanos, de los que los conquistadores españoles embutían en las torres. Era por dentro la
casa blanca, como por fuera, y toda ella, salvo el colgadizo,
tenía el piso cubierto por una alfombra espesa como de un

negro dorado, que no llegaba nunca a negro, con dibujos menudos y fantásticos, de los que el del ancho borde no era el menos rico, rescatando la gravedad y monotonía que le hubiera venido sin ellos de aquella masa de color oscuro.

***

¡Gentes, carruajes, caballos! Pedro y Juan jinetean sin cesar toda la tarde, de la casa al parador, y de este a aquella. En las ciudades antiguas donde aun hay alegres posadas, y cierto indio que sabe francés, han comido casi todos los invitados. A las ocho de la noche empieza el baile. Toda la noche ha de durar. Al alba, el desayuno va a ser en el parador. ¡Oh qué tamales, de las especies más diversas, tiene dispuestos Petrona Revolorio! esta tarde, cuando los hizo, se puso el chal de seda. Ana no ha visto su sillón de flores. ¿Adónde ha de estar Adela, sino por el jardín correteando, enseñando cuanto sabe, a la cabeza de un tropel de flores, de flores de ojos negros?

¿Y Lucía? Lucía está en el cuarto de Ana, vistiendo ella misma a Sol. Ella, se vestirá luego. ¡A Sol, primero! Mírala, Ana, mírala. Yo me muero de celos. ¿Ves? el brazo en encajes. Tomo; ¡te lo beso! ¡Qué bueno es querer! Dime, Ana, aquí está el brazo, y aquí está la pulsera de perlas: ¿cuáles son las perlas? Y ¿de qué iba vestida Sol? De muselina; de una muselina de un blanco un poco oscuro y transparente, el seno abierto apenas, dejando ver la garganta sin adorno; y la falda casi oculta por unos encajes muy finos de Malines que de su madre tenía Ana.

—Y la cabeza ¿cómo te vas a peinar por fin? Yo misma quiero peinarte.

—No, Lucía, yo no quiero. No vas a tener tiempo. Ahora voy a ayudarte yo. Yo no voy a peinarme. Mira; me recojo el cabello, así como lo tengo siempre, y me pongo ¿te acuerdas? como en el día de la procesión, me pongo una camelia.

Y Lucía, como alocada, hacía que no la oía. Le deshacía el peinado, le recogía el cabello a la manera que decía. «¿Así? ¿No? Un poco más alto, que no te cubra el cuello. ¡Ah! ¿y las camelias?... ¿Esas son? ¡Qué lindas son! ¡qué lindas son!». Y la segunda vez dijo esto más despacio y lentamente como si las fuerzas le faltaran y se le fuera el alma en ello.

—¿De veras que te gustan tanto? ¿Qué flores te vas a poner tú?

Lucía, como confusa:

—Tú sabes: yo nunca me pongo flores.

—Bueno: pues si es verdad que ya no estás enojada conmigo, ¿qué te hice yo para que te pusieras enojada? si es verdad que ya no estas enojada, ponte hoy mis camelias.

—¡Yo, camelias!

—Sí, mis camelias. Mira, aquí están; yo misma te las llevo a tu cuarto. ¿Quieres?

¡Oh! si se pusiera toda aquella hermosura de Sol la que se pusiese tus camelias. ¿Quién, quién llegaría nunca a ser tan hermosa como Sol? ¡Qué lindas, qué lindas, son esas camelias! «Pero tú, ¿qué flores te vas a poner?».

—Yo, mira: Petrona me trajo unas margaritas esta mañana, estas margaritas.

***

¡Gentes, caballos, carruajes! Las cinco, las seis, las siete. Ya está lleno de gente el colgadizo.

Caballeros y niñas vienen ya del brazo, de las habitaciones interiores. Carruajes y caballos se detienen a la puerta del fondo, de la que por un corredor alfombrado, con grabados sencillos adornadas las paredes, se va a la vez a los cuartos interiores que abren a un lado y a otro, y a la sala. Ya desde él, al apearse del carruaje, se ve a la entrada de la sala, donde hay un doble recodo para poner dos otomanas, como si hubiese allí ahora un bosquecillo de palmas y flores. En un cuarto dejan las señoras sus abrigos y enseres, y pasan a otro a reparar del viaje sus vestidos o a cambiarlos algunas por los que han enviado de antemano. A otro cuarto entran a aliñarse y dejar sus armas los que han venido a caballo. Una panoplia de armas indias, clavada a un lado de la puerta de los caballeros, les indica su cuarto. Un gran lazo de cintas de colores y un abanico de plumas medio abierto sobre la pared, revelan a las señoras los suyos.

Ya suenan gratas músicas, que los indios de aquellas cercanías, colocados en los extremos del colgadizo, arrancan a sus instrumentos de cuerdas. Del jardín vienen los concurrentes; del cuarto de las señoras salen; Ana llega del brazo de Juan. «Juan, ¿quién ha sido? ¿para mí ese sillón de flores?». No la rodean mucho; se sabe que no deben hablarle. Y ¿Lucía que no viene? Ella vendrá enseguida. ¿Y Sol? ¿Dónde está Sol? Dicen que llega. Los jóvenes se precipitan a la puerta. No viene aun. Se está inquieto. Se valsa. Sol viene al fin: viene, sin haberla visto, de llamar al cuarto de Lucía. «¡Voy! ¡Ya estoy!». Así responde Lucía de adentro con una voz ahogada. No oye Sol los cumplimientos que le dicen: no ve la sala que se encorva a su paso; no sabe que la escultura no dio mejor modelo que su cabeza adornada de margaritas, no nota que, sin ser alta, todas parecen bajas cerca de ella. Camina como quien va lanzando claridades, hacia Juan camina:

—Juan ¡Lucía no quiere abrirme! Yo creo que le pasa algo. La criada me dice que se ha vestido tres o cuatro veces, y ha vuelto a desvestirse, y a despeinarse, y se ha echado sobre la cama, desesperada, lastimándose la cara y llorando. Después despidió a la criada, y se quedó vistiéndose sola. ¡Juan! ¡vaya a ver qué tiene!

En este instante, estaban Juan y Sol, de pie en medio de la sala, y otras parejas, pasando, en espera de que rompiese el baile, alrededor de ellos.

—¡Allí viene! ¡allí viene!—dijo Juan, que tenía a Sol del brazo, señalando hacia el fondo del corredor, por donde a lo lejos venía al fin Lucía. Lucía, todo de negro. A punto que pasaba por frente a la puerta del cuarto de vestir, interrumpiendo el paso a un indio, que sacaba en las manos cuidadosamente, por orden que le había dado Juan, una cesta cargada de armas, vio, viniendo hacia ella del brazo, solos, en pleno luz de plata, en mitad del bosquecillo de flores que había a la entrada de la sala, a Juan y a Sol, a la hermosísima pareja. Se afirmó sobre sus pies como si se clavase en el piso. «¡Espera! ¡Espera!», dijo al indio. Dejó a Juan y a Sol adelantarse un poco por el corredor estrecho, y cuando les tenía como a unos doce pasos de distancia, de una terrible sacudida de la cabeza desató sobre su espalda la cabellera: «¡Cállate, cállate!», le dijo al indio, mientras haciendo como que miraba adentro, ponía la mano tremenda en la cesta; y cuando Sol se desprendía del brazo de Juan y venía a ella con los brazos abiertos....

¡Fuego! Y con un tiro en la mitad del pecho, vaciló Sol, palpando el aire con las manos, como una paloma que aletea, y a los pies de Juan horrorizado, cayó muerta.

—¡Jesús! ¡Jesús! ¡Jesús!—y retorciéndose y desgarrándose los vestidos, Lucía se echó en el suelo, y se arrastró hasta Sol de rodillas, y se mesaba los cabellos con las manos quemadas, y besaba a Juan los pies; a Juan, a quien Pedro Real, para que no cayese, sostenía en su brazo. ¡Para Sol, para Sol, aun después de muerta, todos los cuidados! ¡Todos sobre ella! ¡Todos queriendo darle su vida! ¡El corredor lleno de mujeres que lloraban! ¡A ella, nadie se acercaba a ella!

—¡Jesús, Jesús!—entró Lucía por la puerta del cuarto de vestir de las señoras, huyendo, hasta que dio en la sala, por donde Ana cruzaba medio muerta, de los brazos de Adela y de Petrona Revolorio, y exhalando un alarido, cayó, sintiendo un beso, entre los brazos de Ana.